Heka
Un viaje mágico a Egipto

Editorial Bambú
es un sello de Editorial Casals, SA

© 2010, Núria Pradas
© 2010, de esta traducción, Noemí Risco
© 2010, Editorial Casals, SA
Tel.: 902 107 007
editorialbambu.com
bambulector.com

Título original: *Heka*

Diseño de la colección: Miquel Puig
Ilustración de la cubierta: Miquel Puig

Fotografías del desplegable: Age-Fotostock,
AISA, ALBUM y Getty-Images.
Ilustraciones: Montserrat Batet

Séptima edición: marzo de 2023
ISBN: 978-84-8343-098-9
Depósito legal: M-34073-2010
Printed in Spain
Impreso en ANZOS, SL, Fuenlabrada (Madrid)

Agradecemos al Museo Egipcio de Barcelona
el asesoramiento prestado.

MUSEU
EGIPCI
DE BARCELONA
FUNDACIÓ ARQUEOLÒGICA CLOS

Para la transcripcion de los nombres egipcios se ha
tenido en cuenta «La transcripción castellana de los
nombres propios egipcios», de J. Padró. Ano, 5 (1987)

HEKA
Un viaje mágico a Egipto
Núria Pradas

bam
bú
EDITORIAL

Víctor

«Le costaba aceptar la transformación de su carne. Aunque había sabido de antemano que eso iba a ocurrir –y en algún momento había dado la bienvenida a esa perspectiva, pues confirmaba definitivamente que era un Jinete...»

–¡Víctor, haz el favor de apagar la luz y ponerte a dormir!

«...Lamentaba no poder opinar sobre cómo se iba alterando su cuerpo, aunque al mismo tiempo sentía curiosidad por saber adonde le llevaría ese proceso. Además, se daba cuenta de que, como humano, estaba en plena adolescencia...»

–¡Víctoooooor!

Víctor levantó los ojos del libro que estaba leyendo. La voz de su madre sonaba próxima y amenazadora. Se acercaba el momento en el que entraría en la habitación y le arrebataría el libro de las manos. ¡Como siempre!

La curiosidad le llevó a desafiar un poco más la autoridad materna y leyó la última línea, en un acto lleno de heroísmo.

«¿Cuándo sabré por fin quién y qué soy?»

La sombra de su madre se dibujaba en la pared del pasillo. El tiempo se agotaba y la paciencia de su madre, también. Puso cuidadosamente el punto en la página que había acabado de leer y dejó el libro en la mesilla de noche. Se quitó las gafas y las colocó encima del libro. Las miró de reojo. No le gustaban aquellas gafas; pero su madre decía que eran como un tanque de guerra. ¡Indestructibles!

Al final apagó la luz. Los pasos de su madre se perdieron por el pasillo.

Víctor se quedó mirando la oscuridad con los ojos bien abiertos. Las últimas palabras que había leído se le habían grabado en negrita en el cerebro:

«¿Cuándo sabré por fin quién y qué soy?»

No se le había pasado nunca por la cabeza una pregunta como aquella. Supuso que era la clase de pregunta que se hacían los héroes. La repitió mentalmente:

«¿Cuándo sabré por fin quién y qué soy?»

Pensó que él era un niño bastante normal. Un niño de doce años larguirucho, delgado, con las piernas como alambres; un rubiales con el pelo tan enmarañado que no había peine en el mundo que pudiera desenredarlo. Era alguien que tan solo ocupaba un espacio, más bien pequeño, en la habitación, en casa, en el colegio, en la vida... Alguien muy diferente a Eragon, su héroe. ¡Eso era evidente! Por no tener, no tenía ni una Saphira que le leyera sus pensamientos.

Sonrió por debajo de la manta:

«Lo de Saphira sí que molaría».

Ya se imaginaba llegando al colegio a lomos de la dragona, en vez de ir en aquel autobús que más bien parecía una lata de sardinas llena de niños y niñas legañosos y medio dormidos.

Los ojos comenzaron a pesarle. Amenazaban con cerrársele como dos persianas metálicas. Pero aquella pregunta le cosquilleaba el cerebro con insistencia: «¿Qué... soy? ¿Quién... soy...?»

Aquella noche, en sueños, Víctor cabalgó a lomos de un dragón de escamas verdes y ojos rojos. Atravesaron paisajes maravillosos, donde los colores eran tan diferentes a los que conocía, que no tenían nombre. Su vida era como un remolino en las aguas serenas de un lago azul. Él era fuerte. Era valiente. No llevaba aquellas gafas horribles porque nadie le decía lo que tenía que hacer o lo que tenía que ponerse (¡Y además veía bien!). No sabía qué iba a hacer después, pero seguro que el siguiente día le traería cosas aún más maravillosas.

Se despertó muy sudado, después de que su madre tocara diana con su súper grito matutino. ¡Qué manera más poco heroica de comenzar un nuevo día! Al incorporarse, comprobó, un poco extrañado, que le dolía mucho todo el cuerpo. Tenía los huesos tan molidos como si en realidad hubiera estado cabalgando toda la noche a lomos de un dragón. Aquella idea le hizo sonreír mientras, bajo la ducha, intentaba quitarse de encima las últimas motas de sus sueños.

Aquel día que comenzaba prometía ser exactamente igual a todos los días que le habían precedido: despertador «materno», ducha y desayuno rápido, de pie, en la cocina.

Siempre era así; pero hasta ahora nunca se había planteado que podía ser diferente.

Se colgó la cartera a la espalda y, caminando encorvado por el peso, se dirigió hacia la parada del autobús que lo llevaba al colegio. Como cada día se encontró con su amigo Jaume Camperols que, ya de buena mañana, se ponía a hacer las canalladas más estrambóticas que uno se pueda imaginar; con Roger Miró, el rey de los chistes malos. Con Mariona Esteve y sus ganas de hablar incontrolables. Y, evidentemente, con los ojos negros y misteriosos de Claudia que, para su desgracia, parecía como si no se hubiera enterado de su existencia sobre el planeta Tierra; y eso que se conocían desde parvulario. Puesto que después de enviarle una docena de miradas llenas de «intención», ella seguía haciendo como si Víctor fuera invisible, él decidió encerrarse en sus pensamientos. Todavía mascullaba aquellas palabras que tanto le habían impresionado:

«¿Cuándo sabré por fin quién y qué soy?»

Y es que desde que Víctor había leído estas palabras, una especie de vuelo de mariposas le hacía cosquillas en la barriga. Y no sabía por qué.

«¿A lo mejor son unas palabras mágicas?», se preguntó.

Fuera como fuera, el caso era que sentía en su interior una sensación nueva e inexplicable. Era como si le faltara oxígeno para respirar. Como si la vida se le hubiera quedado pequeña, como pasa con los pantalones de un año a otro. Era como si no tuviera suficiente con lo que le ocurría cada día, como si esperara desesperadamente alguna cosa que tenía que llegar. Una cosa extraordinaria. Sí, era como si esperara una respuesta. Mejor dicho, LA RESPUESTA a aquel interrogante que se le había clavado en el cerebro.

Sacudió la cabeza para deshacerse de aquel montón de ideas inquietantes. Bueno, al fin y al cabo debían de ser solo paranoias suyas. Tal vez tenía razón su madre cuando decía que no tenía que leer hasta tan tarde. Tal vez sí que la realidad y la fantasía se le habían entrelazado en la mente.

Se propuso aterrizar en el mundo de los comunes mortales. Y como todos los comunes mortales en aquel momento se reían de un chiste de Miró, él también se puso a reír, aunque no sabía de qué.

Al bajar del bus, empezaron a caminar con una parsimonia exasperante (la velocidad a la que caminaban Víctor y sus compañeros era directamente proporcional a las pocas ganas que tenían de llegar al colegio). Como cada día, les faltó un pelo para que les cerraran en las narices la pesada puerta de entrada.

Subieron trotando hasta el segundo piso y abrieron la puerta del aula. El profesor de matemáticas estaba pasando lista y les envió la primera mirada asesina de la mañana. ¡Como siempre!

Pese a todo, Víctor no era de los alumnos que acumulaban broncas y castigos. Los profesores le consideraban un buen chico, un alumno nada problemático. Era un estudiante medio; un deportista regular. No hablaba mucho en clase y hacía los deberes casi cada día. Ya lo hemos dicho: un buen chico.

En casa tampoco daba problemas; bueno, de hecho solo discutía con su madre por la manía que tenía de comprarle gafas patéticas y por su otra manía, la de hacerle apagar la luz aunque Eragon estuviera a punto de enfrentarse al mismísimo Ra-Zac.

En resumen, Víctor era un chico de lo más normal. Un chico casi invisible.

Aquel día siguió las clases con toda la atención que pudo. Por la tarde, empezó a lloviznar y los ojos se le quedaron enredados entre las diminutas gotas de lluvia que golpeaban rítmicamente los cristales. Las voces de los profesores se convirtieron en un susurro lejano y su humor se fue oscureciendo a la vez que se oscurecía el cielo. Ahora parecía como si las mariposas de la barriga hubieran enloquecido.

Al terminar las clases, tenía entrenamiento de balonmano. Se lo pasaba bien entrenando. Nunca había faltado a un entrenamiento. Pero, sin saber muy bien por qué, una idea estrafalaria, nueva y temeraria, le atravesó el cerebro a la velocidad de la luz: ¡hoy haría novillos!

Con el miedo del que no está acostumbrado a saltarse las reglas, se escapó del colegio y procuró que no le viera ningún profesor. También intentó no tropezarse con ningún compañero del equipo y, menos aún, con el entrenador.

No fue una misión arriesgada, como él pensaba. Al contrario, salió a la calle sin ninguna dificultad. Había parado de llover. Una pátina de humedad hacía brillar las aceras, los coches, los edificios... La ciudad parecía encantada; estaba mojada y tenuemente iluminada por una luz neblinosa.

Pensó que el parque, aquel donde iba con su madre a jugar con la arena, sería un buen sitio para pasar el rato mientras duraba el entrenamiento. ¡No podía volver a casa tan pronto! No había pensado en ninguna excusa convincente y su madre tenía una vocación innata de detective. Bien, casi se podía decir que tenía un master detectivesco, porque siempre acababa descubriendo lo que se proponía descubrir.

Después de la lluvia, el parque estaba poco concurrido. Los árboles chorreaban gotas de agua. Una luz gris y misteriosa lo envolvía todo. Reinaba el silencio. Parecía uno de los bosques enigmáticos de sus libros de dragones.

Se sentó en un banco sin preocuparse de la humedad que le calaba la ropa. Pero enseguida empezó a tener frío. El cielo se iba oscureciendo y, de hecho, lo que le apetecía más en aquel momento era irse a casa a merendar. Pero había tomado una decisión y la iba a mantener. Había sido capaz de cambiar la rutina de cada día. De romper las normas. Para Víctor, era como una especie de experimento; unos gramos de novedad en la vida de cada día. No. No se echaría atrás. Bueno, de hecho, ya no podía echarse atrás.

Una sombra negra lo invadió:

«¡Qué tontería! –pensó–. ¡Y qué aburrimiento!» –siguió murmurando su cerebro.

Cogió una rama y se puso a dibujar el contorno de Saphira, la dragona de Eragon, sobre la tierra arenosa y húmeda del parque. No era la primera vez que dibujaba a Saphira, aunque normalmente utilizaba papel y lápiz. Echaba de menos no tener a mano alguna cosa verde con la que representar la bella piel escamada de Saphira.

Pensó que estaba alucinando por el hambre, o por el miedo, porque de repente le pareció ver un resplandor verde, en el suelo, dentro del perfil del dragón.

Primero se asustó un poco; después, en cambio, usó la cabeza para encontrar una explicación. Seguramente, aquello verde, fuera lo que fuera, debió de haberse quedado enterrado a poca profundidad y sus maniobras con la rama lo debieron de sacar a la superficie. Siguió dándole al objeto con la rama, hasta que quedó al descubierto.

Brillaba. Brillaba mucho. A simple vista parecía un escarabajo. Pero no era un escarabajo normal, sino una especie de joya muy bonita, con un resplandor metálico y esmeralda.

Se inclinó para ver mejor aquel objeto. El corazón y la curiosidad fueron más deprisa que la razón y la prudencia. Víctor estiró la mano hasta tocar el escarabajo brillante.

Inmediatamente sintió como si un rayo le estuviera atravesando la mano. Después, el mundo desapareció.

Tutmosis

Parpadeó varias veces. Intentaba abrir los ojos, pero aquel movimiento tan insignificante le suponía un esfuerzo enorme. Tenía el cuerpo baldado. Se dio cuenta de que estaba estirado en el suelo. Pero no era el suelo húmedo del parque.

Ahora sí que abrió los ojos. Lo veía todo borroso. Instintivamente, hizo el gesto de subirse las gafas. Pero no las llevaba puestas. El corazón se le subió a la garganta. Sin gafas era hombre... bueno, niño perdido. Palpó el suelo. ¡Uf, estaban allí, a su lado! Se las puso. Su madre tenía razón: eran feas, pero fuertes y no se habían roto. Eso sí, estaban completamente torcidas, el ojo derecho hacia arriba y el izquierdo hacia abajo. Tenía que girar la cabeza de una forma extraña para poder ver algo. Y lo que vio, a través de sus gafas torcidas, le dejó estupefacto.

Dio un salto del susto; un salto que ni él mismo se creía capaz de dar. Se quedó medio incorporado. Le costaba asimilar la información que los ojos le transmitían al cerebro. Una cara rarísima le miraba con los ojos tan abiertos de par en par como los suyos. Un rostro que parecía tener tanto miedo de Víctor, como Víctor de él.

Las dos caras asustadas se quedaron quietas, observándose mutuamente. La tensión se palpaba en el aire.

Víctor puso toda su atención en aquella cara misteriosa. Al parecer pertenecía a un niño de su misma edad. Pero era muy raro. Llevaba la cabeza casi pelada; solo le caía por el lado derecho, recogido en una coleta, un mechón de pelo, negro como la noche. ¡Ah! E iba medio desnudo. Llevaba una faldita –sí, sí... lo habéis leído bien– blanca, sujeta con un nudo delante. El niño tenía las cejas negras y espesas, los ojos muy abiertos y redondos, y las orejas parecían muy grandes, colocadas una a cada lado de aquella cabeza casi yerma.

–¿Quién eres tú? –preguntó Víctor, tartamudeando asustado.

El niño también tartamudeó un poco, pero con una especie de galimatías completamente incomprensible.

Estaba claro que no hablaba español. Ni inglés. Ni francés. Ni..., ¿en qué idioma hablaba aquel chico?

Se volvió a hacer el silencio. El niño de la coleta, que, hasta ahora, se había quedado inclinado encima de Víctor, estudiándolo, observándolo como si él fuera el bicho raro, se enderezó y levantó la cabeza como un pavo real, mientras cruzaba los brazos sobre el pecho con fanfarronería.

No pintaba nada bien. ¿Acaso buscaba pelea? Víctor pensó que era más prudente levantarse y ser amable. Alargó el brazo derecho hacia el chico, para saludarlo, y al abrir la mano, que mantenía cerrada con fuerza, para estrechársela, cayó un objeto al suelo. Los dos se lo quedaron mirando fijamente.

¡El escarabajo! Con tantas sorpresas, Víctor se había olvidado de aquel hallazgo verde y candente. ¡Uf!, Ahora se daba cuenta de cómo le escocía la mano.

El niño estrambótico volvió a parlotear de aquella manera extraña. Parecía muy sorprendido. Se dirigió a una mesa pequeña, sobre la que había un cofre que brillaba. Lo adornaban muchas joyas incrustadas. El niño lo abrió y sacó un escarabajo idéntico al de Víctor. Se le acercó, con su escarabajo esmeralda en la mano. Víctor pensó que si un escarabajo escocía de aquella manera, dos podían ser muy peligrosos. Así que retrocedió unos pasos, mientras agradecía el detalle con una sonrisa y lo rechazaba con la mano.

Pero el muchacho era tozudo y, sin hacer caso de las reticencias de Víctor, continuó acercándosele, hasta que él, de tanto retroceder, chocó contra una pared, a la que se quedó enganchado como una mosca.

Entonces, aquel niño estrambótico, y probablemente peligroso, recogió el escarabajo que estaba en el suelo, el que se le había caído a Víctor y se lo volvió a poner en la mano, quisiera él o no. Víctor pudo comprobar, aliviado, que ahora el escarabajo ya no quemaba. Al contrario, una sensación placentera, una gran relajación le inundó el cuerpo.

El niño giró su escarabajo. La parte de abajo era plana y tenía unas inscripciones. Víctor lo imitó. «Su» escarabajo era idéntico. Tenía las mismas inscripciones. ¡Sin duda, los escarabajos eran gemelos!

Los niños encararon los dos escarabajos. El chico de la coleta, con seguridad; Víctor, siguiendo un impulso extraño. Entonces, como si fueran dos imanes, los escarabajos se fueron acercando, poco a poco, y arrastraron con su fuerza las manos de los niños, que los miraban boquiabiertos.

Los escarabajos se unieron con una conjunción perfecta. Una corriente eléctrica recorrió los cuerpos de los jóvenes.

–¡*Heka*! –dijo el chico.

–¡Magia! –repitió Víctor.

¡Se entendían perfectamente, a pesar de que cada uno continuaba hablando en su lengua!

Víctor no salía de su asombro. Pero, con la novedad, las cosas se habían puesto más fáciles. Había llegado la hora de las presentaciones.

–¡Yo soy Menjeperre Tutmosis! –dijo con voz solemne y clara el niño de la coleta.

Al oír aquel nombre, Víctor estuvo a punto de echarse a reír. Pero pensó que lo consideraría como un acto de muy mala educación y poco amistoso. Y, de hecho, todavía no sabía si aquel chiquillo extraño era amigo o enemigo. Era mejor, pues, ir con pies de plomo.

–Yo me llamo Víctor.

El que se rió fue el otro. Víctor pensó que su nombre le debía de sonar tan cómico y estrambótico como a él le había parecido el suyo. Bueno, estaban en paz. Empatados.

Se hizo un breve silencio. No obstante, Víctor reaccionó de inmediato. Ahora que ya se podía entender con... bueno, con como se llamara, tenía que aclarar un par de cosas:

–¿Dónde estoy? ¿Y tú quién eres? No entiendo nada de nada.

El chico de la coleta ahora parecía muy tranquilo. Dominaba la situación. ¡Claro, como estaba en su casa! Volvió a separar los escarabajos, sin ningún esfuerzo, como si aquella fuerza mágica y magnética no hubiera existido nunca.

–Es mi amuleto mágico. ¡Mira! –dijo enseñándoselo a Víctor.

El niño pasó un dedo por unas extrañas inscripciones dibujadas en el caparazón del escarabajo. Víctor, curioso por naturaleza, se acercó con prudencia:

–¡Mira! ¿Ves? Aquí está escrito mi nombre.

Víctor miraba atentamente los extraños símbolos del escarabajo, inclinando la cabeza para no perderse detalle. Y, de repente, lo entendió:

–¡Pero si son jeroglíficos egipcios! Y tu nombre es Tut... Tut...

–Me puedes llamar Tutmosis. Los íntimos me llaman así.

Víctor iba atando cabos, pero los cabos que ligaba no le gustaban nada.

–Entonces, ¿estoy en el Antiguo Egipto?

–Estás en Egipto, claro.

–¿Y no me he muerto? ¿Estoy vivo?

Tutmosis se le quedó mirando con el rabillo del ojo. Aquel chiquillo de pelo alborotado y desteñido, y pinta estrafalaria era muy, pero que muy extraño:

–Estás vivo.

Víctor sonrió aliviado. ¡Qué peso se había quitado de encima! Había llegado a pensar que había pasado a mejor (o peor) vida.

Pero algo no acababa de cuadrarle en aquella situación. Era un muchacho listo y espabilado. Y muy observador. No se le escapaba ni una.

−¡No puede ser! Si estoy en el Antiguo Egipto, ¿cómo es que entiendo todo lo que me dices? ¡¡¡Si yo soy del barrio de Gracia!!!

Tutmosis miró de nuevo el escarabajo y después clavó sus oscuros ojos en los de Víctor.

−¡*Heka*! No te separes nunca de tu escarabajo. No solamente te protegerá. Gracias a él, nos podrás entender.

−Pero yo no sé si os quiero entender. ¡Yo quiero volver a casa!

Tutmosis levantó una ceja:

−Ahora eso es un poco difícil.

−¿Por qué? −preguntó un Víctor un poco angustiado.

Y con toda naturalidad, Tutmosis le respondió:

−Sé iniciar el encantamiento. Pero no sé cómo se hace para romperlo. No tengo muchos conocimientos de *Heka*... todavía.

En aquel momento Víctor le habría dado un puñetazo en todos los morros. Pero se limitó a exclamar:

−¡Mi madre me mata si no vuelvo!

Jepri

—Mi madre, Isis, es una de las esposas secundarias de Tutmosis II, el faraón de Egipto. Mi padre.

Víctor y Tutmosis estaban sentados en el suelo, uno delante del otro. Ahora que ya no estaba tan asustado, Víctor se dio cuenta de que se encontraba en una sala digna del mejor museo de egiptología del mundo. Era una sala grande, mucho más grande que todo su piso; las paredes estaban adornadas con pinturas y el techo era tan alto que tenía que levantar mucho la cabeza para ver dónde se acababa. Una terraza, a la que se accedía sin ningún tipo de puerta, prolongaba y refrescaba la habitación. Aunque ya estaba oscureciendo, Víctor adivinó a través de las gafas estropeadas las siluetas de los árboles que balanceaba el viento, y oyó el sonido del agua. Allí debajo debía de haber un jardín. ¡Un fabuloso jardín egipcio!

Pero no todo era bonito en aquella estancia. ¡Estaba llena de bichos! Víctor ahuyentaba con una mano las moscas y los mosquitos que se le acercaban con la intención de darle la bienvenida. ¡Qué molestos! Su imaginación viajó hasta el exterior de la casa. ¿Qué extrañas especies zoológicas debían de deambular por el jardín, ahora que ya era de noche y que la naturaleza se volvía más salvaje que nunca? ¿Serpientes? ¿Lagartos? Se estremeció. Hemos mencionado que Víctor era un chico listo; pero no hemos dicho nada de que fuera valiente.

Tutmosis seguía hablando de su familia sin que le molestara la presencia de toda aquella fauna voladora:

–Mi padre, el divino faraón, murió hace dos días...

–Ostras, lo siento mucho...

Tutmosis abrió aún más aquellos ojos negros llenos del misterio del Nilo:

–¿Por qué lo dices? Las puertas del cielo se han abierto para el gran faraón; su *ba* tiene alas y ha volado junto a la madre Isis, la diosa con la cabeza de halcón.

–El *ba*, el alma... –murmuró Víctor que, perspicaz como era, se dio cuenta de que a pesar de que el idioma no parecía ser un impedimento para comunicarse con Tutmosis, entender cómo veía la vida un niño que había nacido hacía más de tres mil años podía llegar a ser un asunto delicado. Tenía que tener cuidado con lo que decía–. Si el faraón ha muerto y tú eres su hijo, eso quiere decir que estoy hablando con el nuevo faraón de Egipto, ¿no? ¡¡¡Qué fuerte!!! ¿Tú eres... Tutmosis III? –preguntó Víctor, que no tenía muy clara la historia de Egipto, pero que estaba seguro de que después del dos viene el tres.

Un velo de tristeza empañó aquellos ojos tan negros y los llenó de melancolía. El joven Tutmosis, ahora, parecía un pájaro que no se atrevía a volar.

–Eso era lo que mi padre esperaba y mi madre, Isis, deseaba. Pero...

Víctor no se atrevió a preguntar qué había pasado, qué obstáculo se había interpuesto entre Tutmosis y el trono del reino más grande del mundo. Bueno, de aquel mundo, claro.

El mismo Tutmosis no tardó en aclarárselo.

–Como te he contado, Isis, mi madre, no es la esposa principal del faraón. Y aunque yo soy su único hijo varón, mis enemigos se han aprovechado de esta circunstancia para alejarme del poder.

–Y, entonces, ¿quién es el faraón de Egipto ahora?

La voz de Tutmosis se oscureció. Un eco del despecho que anidaba en lo más profundo de su alma pintó sus palabras con la dureza del acero.

–¡Pronto habrá una mujer en el trono de Egipto!

–¿Una mujer? –exclamó Víctor– Cómo mola, qué país tan moderno, ¿no?

Y enseguida se dio cuenta de que acababa de pifiarla y que tenía que cerrar la boca con cremallera lo más rápido posible. Por lo visto Tutmosis no estaba para reflexiones feministas y le miraba con cara asesina.

–Hapuseneb, el gran sacerdote de Amón, consultó al oráculo.

–¿Al oráculo? –preguntó Víctor, al que no siempre le resultaba fácil seguir el hilo de la conversación del joven egipcio.

Tutmosis no pudo evitar dirigir una mirada llena de menosprecio a aquel extraño ser que le habían enviado los dioses. Empezaba a pensar que era un ignorante al que hacía falta explicárselo todo.

–El oráculo del Santuario de Siwa, en el desierto, claro. Allí es donde vive el padre de todos los dioses, Amón-Ra, y donde los sacerdotes van a conocer el futuro.

–¡Aaaaahhh! –exclamó Víctor abriendo mucho la boca.

Tutmosis miró de reojo a aquel muchacho tan extraño. No estaba seguro de que hubiera entendido ni media palabra de lo que le acababa de decir.

–¿De verdad nunca has estado en un oráculo?

Víctor meditó la respuesta. Lo más parecido a un oráculo que él conocía era la profe de lengua, que podía adivinar, hasta con los ojos cerrados, quién mascaba chicle en clase y de qué marca era.

Negó con la cabeza y preguntó:

–¿Y qué dijo el oráculo?

–Lo que dijo de verdad solo lo sabe él. Pero se las arregló bien para que todo Egipto creyera sus mentiras.

Víctor le escuchaba sin perder detalle; aquella historia era mucho mejor que la novela más emocionante de dragones voladores que jamás hubiera leído.

–O sea, que se lo inventó todo.

Tutmosis, el príncipe de Egipto, apretó los dientes. La mirada se le endureció aún más. La rabia se quedó enganchada en cada una de las palabras que pronunció a continuación:

–Hapuseneb, que es más astuto que un cocodrilo, hizo que todo el mundo creyera que el oráculo había hecho una elección. Él no quiere que el nuevo faraón de Egipto sea yo; no, por supuesto que no. Era enemigo de mi padre y ahora es mi enemigo.

—Entonces este Hapu... Hapu... como se llame, se sacó de la manga que el oráculo había elegido a una mujer, ¿no? —dijo Víctor al atar cabos.

El príncipe, con actitud adusta, asintió con la cabeza.

—Pero, ¿qué mujer? ¿Cleopatra?

El príncipe egipcio arrugó la nariz al mismo tiempo que preguntaba, lleno de extrañeza:

—¿Cleo... qué? ¿Y esa quién es? ¡No será otra pretendiente a mi trono!

El tono airado de Tutmosis asustó a Víctor, que tuvo que admitir mentalmente que estaba un poco pez en historia de Egipto. De hecho, la expresión de sorpresa de Tutmosis le acababa de dejar bien claro que, en aquellos momentos, Cleopatra no debía ni haber nacido todavía. Le hizo un gesto tranquilizador a su interlocutor, que siguió hablando:

—¡La mujer es Hatshepsut! La esposa principal de mi padre, Tutmosis II. Pronto será coronada como un faraón de Egipto. —Y añadió, con una voz casi inaudible—: Si Osiris no lo impide.

—¿Osiris?

El egipcio estaba empezando a perder la paciencia en serio:

—¡El dios de la muerte!

Después de pronunciar estas palabras terribles y amenazadoras, Tutmosis se calló. Parecía ausente, intensamente recluido en sus pensamientos; como si su espíritu hubiera abandonado la vida un momento. El joven príncipe, a pesar de su corta edad, parecía saber muy bien que el destino y sus enemigos le habían jugado una mala pasada. La arrogancia de su rostro se deshizo como la nieve bajo el sol, y su expresión volvió a ser la de un niño de doce años profundamente atemorizado:

—No sé cuánto tiempo me dejarán vivir —casi gimoteó.

—Ostras, tío, qué chungo...

Víctor hizo una pausa. Aunque acababa de conocer a Tutmosis, sentía en el alma que la vida de aquel chico, tan joven como él, se encontrara en peligro. Se rascó la cabeza. Todavía había una cosa que no acababa de ver clara:

—Pero dime, ¿qué pinto yo en toda esta historia?

Tutmosis se levantó. Aún llevaba el escarabajo en la mano y se lo enseñó a su interlocutor.

—Ya te lo he dicho: *Heka*...

—Sí, pero todavía no lo entiendo...

Acostumbrado a que le respetaran desde bebé, el príncipe le hizo callar con una mirada gélida.

—¿No lo entiendes, dices? ¡Que Anubis te ayude! Eres más obtuso que un hipopótamo...

—Oye... —se quejó Víctor, sin atreverse a preguntar quién era aquel Anubis.

—Tenía que deshacerme de mis enemigos.

—¿Y has usado la magia?

Tutmosis ahora parecía sinceramente arrepentido:

—Sí, sí... ya sé que no lo tendría que hacer. La magia está reservada para los sacerdotes, los médicos, para los hombres importantes. Cuesta muchos años aprender a usarla. Pero yo... bueno... yo siempre me he sentido muy atraído por la magia. Hotepu, el médico personal de Isis, mi madre, sabe mucho y me ha enseñado alguna cosa. A escondidas, desde luego.

–Lástima que no te haya enseñado suficiente –añadió Víctor con una ironía malévola. Pero la mirada triste y perdida de Tutmosis le conmovió. Comenzaba a entender la situación. –O sea, que pensaste...

–Pensé que mi amuleto mágico... bueno, puse en práctica un conjuro, ¿sabes? Uno pequeño. Invoqué al dios Jepri, el dios escarabajo, para que con su fuerza hiciera desaparecer a mis enemigos, pero...

–...pero no desapareció nadie, ¿no? Al contrario, he aparecido yo –murmuró Víctor sin acabar de digerir todo lo que le estaba pasando. Y añadió, como si hablara para él mismo–: ¡Vaya! Con la de gente que hay en el mundo y he tenido que ser yo el que me haya tropezado con un aprendiz de mago en prácticas. ¡Y, además, chapucero!

Tutmosis no le escuchaba. Se tiró en el suelo. Estaba completamente hundido y empezó a llorar. Pero enseguida irguió la cabeza, avergonzado por haber caído en la debilidad de las lágrimas. Unas lágrimas que se secó con el dorso de la mano, con rabia, procurando no dejar ni rastro.

–No lo tendría que haber hecho –dijo finalmente–. Pero tengo que proteger a mi madre del odio de Hatshepsut. Y me tengo que proteger a mí mismo.

Quedaban tantas preguntas por hacer:

–Pero...

En aquel momento se oyeron unos golpes fuertes en la puerta. Tutmosis y Víctor se miraron, aterrorizados. Al mismo tiempo, como si todas las fuerzas del universo se hubieran congregado en aquel instante dentro de la estancia del príncipe, se abrió una pequeña puerta disimulada por un tapiz. La cara de una niña, de cabellos negros y largos, con unos ojos brillantes y una expresión seria, apareció de entre la nada.

–¡Sitah! –exclamó Tutmosis.

–¡Sígueme, deprisa! No podemos perder tiempo –susurró la muchacha mientras cogía de la mano a Tutmosis y estiraba de él hacia un pasadizo secreto.

Víctor se quedó contemplando con desconfianza la oscuridad de aquella boca abierta en la pared. No le hacía ni pizca de gracia tener que entrar allí dentro. En aquel momento, los golpes cesaron y él volvió a respirar tranquilo. Al parecer el peligro se alejaba.

Y de repente la puerta de la habitación de Tutmosis se abrió de par en par en medio de un gran estrépito.

Antes de entrar en el pasadizo, para seguir a Tutmosis y Sitah, Víctor vio la cara enrabiada de un hombre calvo y grande, cargado de malas intenciones. Se metió el escarabajo en el bolsillo de los vaqueros y echó a correr.

Hatshepsut

Una mujer menuda se movía nerviosa de un lado a otro de la lujosa estancia, bajo la mirada atenta de un hombre de apariencia tranquila y serena que estaba sentado en un taburete. De pie, inmóvil, con la cara inexpresiva, otro hombre, alto, grande, con la cabeza rapada, que iba vestido con la túnica blanca de sacerdote, la escuchaba con actitud grave.

–¿Cómo que ha desaparecido? ¡¡¡Eso no puede ser!!! ¡Es un niño de doce años, por Amón! ¿Es que vuestros hombres son incapaces de encontrar a un crío?

La mujer menuda, Hatshepsut, la esposa principal del difunto faraón y, por tanto, Reina de Egipto, se dejó caer en otro taburete y escondió el rostro entre sus finas manos.

Hatshepsut lucía, en la intimidad de su cámara, el cabello al natural, sin pelucas ni artificios; tenía una cabellera que se le apoyaba en los hombros, negra como el caparazón de un escarabajo. Vestía una túnica ligera de lino, blanca, sujeta con dos amplios tirantes en los hombros. Ninguna joya adornaba su piel dorada; llevaba los pies descalzos. Si la hubiera visto alguien en aquel momento, no hubiera creído que aquella mujer sencilla y normal, que estaba encogida como si quisiera desaparecer, era la hija del gran faraón Tutmosis I.

El hombre gordo que estaba de pie, el gran sacerdote de Amón, Hapuseneb, habló:

—Señora, os lo he dicho: solo es un niño. Pronto lo encontraremos y será muy fácil deshacernos de él.

Hatshepsut se levantó y le dio un golpe rabioso a una mesita baja de ébano. Unos frascos de perfume cayeron al suelo. La voz de la mujer, como el oloroso perfume de los frascos, se esparció llena de indignación por la estancia:

—¿Deshacernos? ¿Deshacernos del niño? ¿Es lo que decís, Hapuseneb? No quiero deshacerme de nadie, ¿me habéis oído? No comenzaré mi reinado dejando detrás de mí un rastro de sangre. No es así como se gobierna.

Y en voz más baja, añadió:

—No es así como yo quiero gobernar.

—Pero, señora...

Hatshepsut se encaró a la imponente figura del sacerdote y alzó la voz para ordenar:

—¡Ya basta! Haced vuestro trabajo. ¡¡¡Encontradlo!!!

Hapuseneb agachó la cabeza, obediente, pero humillado. La rabia de la reina parecía no tener fin:

—Soy la reina de Egipto por derecho de nacimiento. No una asesina de niños. Pero no permitiré que nadie me robe mi destino. Y mi destino es gobernar Egipto. No dejaré que el hijo de Isis, una esposa secundaria, se quede la corona de las Dos Tierras. –Entonces la voz se convirtió en un grito agudo–: ¿Lo habéis entendido?

Hatshepsut apretó los dientes, presa de la indignación, y se dio la vuelta, dándole la espalda al gran sacerdote de Amón, uno de los dignatarios más influyentes del país. Él entendió enseguida que la reina lo estaba echando de la habitación, lejos de su vista. Estaba muy enfadada con él.

El gran sacerdote se inclinó ante ella y se marchó caminando hacia atrás sin pronunciar ni una palabra. Pero llevaba el corazón lleno de hiel.

La reina se volvió hacia el hombre que había observado la escena en silencio y se arrodilló delante de él. Le cogió las manos y le besó.

–¡Oh, Senenmut, amado mío! Parece que todo va de capa caída.

Senenmut era el hombre de confianza de la reina. De arquitecto real había conseguido convertirse en una especie de confidente sin el que Hatshepsut no daba ni un paso. En la corte se decía que entre la reina y Senenmut había algo más que una relación política. Todo el mundo sabía que eran amantes.

El hombre cogió la cara de la reina dulcemente, con aquellas manos grandes y fuertes que tantos templos habían levantado. La reina fue consciente, en aquel instante, de que solo podía confiar en Senenmut y apoyó la cabeza sobre su pecho. Ahora que estaban los dos solos, en la intimidad de sus aposentos, Hatshepsut podía comportarse como una mujer y no como una reina. Podía incluso permitirse ser débil.

La reina sonrió. Tenía los ojos bonitos y, cuando sonreía, se le volvían risueños.

Senenmut la miró con ternura.

–No puedo permitir, señora, que las preocupaciones apaguen la luz de estos ojos.

Ella dejó escapar una risa cristalina. Las palabras de Senenmut la complacían infinitamente y alejaban las sombras negras de muchos problemas; de muchas traiciones.

–Soy vuestro sirviente. Decidme qué queréis que haga y lo haré.

–Senenmut, el trono de Egipto es como una perla que se me escurre entre los dedos. El vil Ineni, el visir, ya me lo arrebató cuando murió mi padre. Me tuve que conformar con ser la esposa real, la mujer de un faraón débil y enfermizo, Tutmosis II. No olvidaré nunca esa vejación. Ineni es el peor de mis enemigos.

Hatshepsut se apartó del hombre. Los recuerdos le hacían demasiado daño. Su orgullo, el orgullo de una mujer hija y esposa de faraones, había sido gravemente ultrajado y la herida aún sangraba.

Senenmut se había quedado pensativo. Era un hombre bueno y quería conocer las razones que habían empujado al antiguo ministro Ineni a actuar de aquella manera contra Hatshepsut.

–Quizá, cuando murió vuestro padre, Ineni se sintió herido por la confianza que teníais en mí. Tal vez temía que si subíais al trono de Egipto, él perdería el puesto privilegiado del que disfrutaba antes –razonó Senenmut y añadió–: Recordad que Ineni llegó a ser el hombre más poderoso de toda Tebas.

A la reina se le oscurecieron los ojos:

–Sí, es cierto. Tenéis razón como siempre, Senenmut. Pero Tutmosis II tampoco confiaba en él. Por eso, Ineni dejó la corte de Tebas y se refugió en Menfis. Pero incluso desde allí me persigue. Se ha convertido en mi sombra, en mi desgracia. Parece que solo vive para hacerme daño. Para impedir que mi destino sagrado se cumpla.

Las palabras de Hatshepsut estaban llenas de dolor y de tristeza. Senenmut intentó consolarla:

–Pero ahora tenéis mucho apoyo, señora. Sin ir más lejos, el gran sacerdote de Amón, Hapuseneb...

Hatshepsut le interrumpió. Su voz tomó un giro dolorosamente irónico:

–Ah, sí... Hapuseneb. ¿Quién puede fiarse de él? Es un hombre codicioso y sin escrúpulos. Lo acabáis de ver con vuestros propios ojos. –Y añadió–: Es como un cocodrilo gordo al acecho de sus presas.

La comparación hizo que Senenmut se riera.

Hatshepsut avanzó hacia la gran terraza. Tebas ya dormía bajo una noche oscura y transparente. El aire caliente jugaba con los cabellos de la reina, con los pliegues de su túnica. Senenmut se le acercó.

–No le deseo ningún mal al joven Tutmosis; ni a Isis, su madre –dijo la reina–. Pero sé que esta mujer hará cualquier cosa para ver a su hijo sentado en el trono de Egipto. Estoy segura de que Isis quiere ponerse en contacto con Ineni, que lo quiere como aliado. –Miró al hombre con desesperación–. Los tengo que tener controlados. Vigilados. Quiero que el joven Tutmosis esté cerca de mí. Crecerá como príncipe que es de Egipto, pero no será faraón. No ha nacido para serlo. Pero Hapuseneb no los tiene que encontrar –casi suplicó–. Acabaría con ellos.

El hombre la estrechó dulcemente entre sus brazos para consolarla.

–Los encontraré, cariño. Nada impedirá que cumplas tu destino.

Hatshepsut y Senenmut sellaron el acuerdo con un dulce beso.

El médico

Sin mirar atrás, Víctor siguió el tenue resplandor de la antorcha que llevaba la chica egipcia en la mano. Le pareció que atravesaban todo Egipto por debajo del suelo, como si fueran topos. De vez en cuando, se echaba instintivamente la mano a las gafas, para asegurarse de que aún estaban allí. Se habían amoldado tanto a su nueva y desviada posición, que ni un terremoto las hubiera podido mover del sitio.

Con la cabeza inclinada hacia un lado, para ver mejor el camino, Víctor no se daba cuenta de que corría detrás de los dos egipcios como alma que lleva el diablo, como no había corrido nunca en toda su vida. Y es que el miedo le ponía alas a los pies.

Por fin vio una salida. Tutmosis y Sitah se habían parado para esperarlo. Él llegó jadeando y sacando el hígado por la boca. Pero todavía le quedaban fuerzas para hablar:

–He visto a un hombre...

Sitah se llevó los dedos a los labios:

—¡Ssssshhhh! El peligro aún no ha pasado. ¡Venga, seguidme!

«¡Por Amón!» —pensó Víctor, como si fuese egipcio de toda la vida–. «La carrera continúa.»

Sitah había apagado la antorcha y ahora corrían bajo el cielo más limpio y más estrellado que Víctor había visto nunca. Aunque la situación no estaba como para detenerse a admirar el paisaje, desde luego. Los tres iban veloces por callejuelas que cada vez eran más estrechas y polvorientas. ¡Por suerte, el calzado deportivo del niño estaba hecho a prueba de carreras egipcias! Lo que no entendía era como Tutmosis y Sitah podían correr de aquella manera con las sandalias que llevaban, que parecían hechas de hojas de platanero.

De vez en cuando, Víctor se palpaba el bolsillo de los pantalones para comprobar que su amuleto y «traductor automático» seguía en su sitio.

El palacio de donde habían escapado solo era un recuerdo. La oscuridad se los tragaba y se los tragaba. Las callejuelas los engullían y los engullían. Y cuando Víctor se pensaba que aquello era lo peor de sus pesadillas y que no se acabaría nunca, Sitah se detuvo y dijo:

—¡Ya hemos llegado!

Se encontraban delante de una casa aislada, cerca de un descampado. Estaba rodeaba por una pared alta de ladrillos no cocidos. Accedieron al interior sin dificultades. Atravesaron un gran jardín. Ahora caminaban poco a poco y Víctor se quedó absorto mientras observaba cuatro palmeras gigantes que, imponentes, se erigían como soldados vigilantes.

Llegaron a la puerta principal de la casa. Todo estaba en silencio. No parecía que allí viviera ni un alma. Sitah sacó de sus soportes la tranca de la puerta. Víctor, con los ojos abiertos como naranjas, no pudo contenerse y gritó:

–¡Ostras, qué fuertes estáis los antiguos egipcios!

–¡¡¡Ssssshhhh!!! –repitió Sitah–. ¡Quieres hacer el favor de no gritar!

Tutmosis se acercó a Víctor y, flojito, al oído, pero con un tono de voz más bien agrio, le preguntó:

–¿Se puede saber por qué nos llamas «antiguos» cada dos por tres?

Por suerte Sitah ya había abierto la puerta y arrastraba a Tutmosis hacia el interior de la casa. La pregunta quedó sin respuesta y Víctor volvió a pensar que calladito estaba más guapo.

Entraron. Era una sala muy grande; cuatro troncos de árbol, colosales, aguantaban el techo. Había poca luz. Víctor se fijó en unas pequeñas luces que colgaban de las paredes a intervalos regulares, de donde salía una llamita tímida y temblorosa. ¡Claro, eran lámparas de aceite! Sabía que existían en la antigüedad porque lo había leído en algún libro. Pero nunca se hubiera imaginado que dieran tan poca luz.

«¡Qué oscura es la antigüedad!», pensó.

Y mientras curioseaba y hacía sus deducciones (ya hemos dicho por algún lado que era un niño muy observador), Sitah llamó a una puerta situada a la izquierda de la amplia sala. La puerta se abrió y una silueta femenina se dibujó al trasluz de la lámpara. Víctor solo pudo ver eso:

una silueta que parecía de mujer. Pero los egipcios debían de estar acostumbrados a percibir bajo la escasa luz de las lámparas de aceite, porque Tutmosis se abalanzó sobre aquella figura, gritando con la voz llena de emoción:

–¡Madre!

Media hora más tarde, Víctor estaba sentado sobre las esteras del comedor de la casa de Hotepu, el médico de la corte. La cena había sido generosa; encima de las pequeñas mesitas donde se servía la comida aún había platos llenos de huevos y de aves asadas. Aunque al ver las aves, a Víctor le vinieron náuseas, el hambre ganó la competición de las manías. Enseguida comprobó que los pájaros en cuestión estaban deliciosos y se puso a comer como si hiciera... por cierto, ¿cuánto tiempo hacía que no se llevaba algo a la boca?

–¡Tiene más hambre que el esclavo de un pobre! –dijo Sitah, sin entender dónde metía todo lo que zampaba aquel muchacho tan esmirriado.

Todo el mundo se rió de la ocurrencia de la chica, mientras las criadas se llevaban los restos de carne y ponían encima de las mesas pirámides de frutas y pasteles.

Mientras Víctor se llenaba la barriga, nada le impedía poner la antena bien puesta. Así, durante el rato que duró la cena, el chico se enteró de que Hotepu era un médico con mucha reputación. Era un hombre sabio, rico y respetado. Y por lo que le había dicho Tutmosis antes de huir, también dominaba la magia. Además, era amigo personal de Isis, la madre de Tutmosis.

Isis había huido de la Casa Jeneret por temor a una reacción violenta de Hatshepsut después de la muerte del faraón.

La Casa Jeneret, que se encontraba adosada al palacio real, era donde vivían las esposas del faraón con sus hijos y las grandes damas de la corte. Después de haber pasado tantos años encerrada en aquella jaula de oro, a Isis no le quedaban muchos amigos en los que confiar. Por eso, la casa del médico le pareció el sitio más seguro donde refugiarse.

Aun así, era consciente de que el peligro todavía no había pasado. Sus ojos reflejaban el miedo de su corazón. Sabía que la esposa principal, Hatshepsut, haría lo imposible por obstaculizar el camino de su hijo al trono. Isis temía por la vida del joven Tutmosis y por su propia vida. Sabía cómo la odiaba la reina, porque ella, una simple concubina, le había dado al faraón un hijo varón, mientras que Hatshepsut, hija y esposa de faraones, solo había tenido dos hijas.

Víctor encontraba todo aquello muy extraño. Y muy injusto. ¡Qué discriminación! ¿Acaso los egipcios no conocían la palabra «igualdad»? Estuvo a punto de dar su opinión sobre el tema, pero se dio cuenta de que era de muy mala educación hablar con la boca llena, y en aquel momento él la tenía llena de pajarillo asado; además, también recordó que cada vez que abría la boca para hablar, metía la pata. Así que siguió escuchando.

–Por suerte, la joven Sitah es valiente y se mueve por la Casa Jeneret como una pluma de ibis –estaba diciendo Isis en aquel momento–. Te ha salvado, hijo mío. Siempre estaremos en deuda con ella.

Tutmosis echó una mirada llena de fuego sobre la frágil figura de Sitah. Incluso bajo la escasa luz de las lámparas de aceite, Víctor pudo apreciar cómo Sitah se ruborizaba.

«Ummmm, aquí hay algo», pensó.

—No tiene ningún mérito, señora. Soy la hija de un escriba real. He nacido y he vivido toda mi vida en la Casa Jeneret. Conozco cada rincón —sonrió tímidamente—; cada secreto...

Y bajando la cabeza hasta que la barbilla le tocó el pecho, dijo con una voz casi inaudible:

—... y haría cualquier cosa por Tut... por el príncipe.

Isis le dedicó una sonrisa llena de agradecimiento.

—Y gracias también a ti, mi fiel Hotepu —continuó diciendo Isis—. Si no nos hubieras acogido en tu casa, con el peligro que conlleva...

Hotepu la interrumpió:

—No digáis nada más, señora. Yo no he hecho nada especial. Solo he cumplido con mi deber hacia vos. Pero tenemos que ser conscientes de una cosa si queremos salir de esta: vos y vuestro hijo os encontráis en grave peligro, incluso escondidos entre estas cuatro paredes.

Víctor, que en aquel momento masticaba un dátil, se mordió la lengua. Si Tutmosis y su madre no estaban seguros en casa de Hotepu, eso quería decir que él tampoco lo estaba. Se le fueron un poco las ganas de comer. Solo un poco.

—Este es el primer sitio donde os buscarán —añadió Hotepu—. Todos en la corte conocen la amistad y la devoción que me unen a vos.

Los labios de Isis temblaron al preguntar:

–¿Y qué podemos hacer? ¿Dónde podemos ir?

Hotepu comenzó a poner palabras a todas las ideas que había ido urdiendo para sacar a Isis y a su hijo de aquella difícil situación:

–Señora, he pensado un plan. Pero es peligroso.

Con un gesto de la mano, el médico hizo que se marcharan los criados. Se acercó a la puerta para asegurarse de que estaba bien cerrada y se sentó en un pequeño asiento plegable. Isis se sentó a su lado en otro igual. Los tres jóvenes los rodearon, sentados en las esteras. Las llamas de las lámparas se reflejaban en las paredes y dibujaban formas espectrales.

Hotepu habló en voz muy baja:

–Tutmosis tiene que escapar de Tebas. Tiene que huir lejos de Hatshepsut y de sus aliados.

–Pero... –intentó protestar Isis con el corazón en un puño.

–No estará solo. En el muelle hay un barco preparado para zarpar mañana a primera hora. Se dirige a Menfis. El capitán es un buen amigo mío. Se llama Ithu. Acogerá a Tutmosis y le protegerá con su vida, si hace falta. Una vez en Menfis, el gran sacerdote del templo de Ptah esconderá al príncipe y lo tendrá bien custodiado. Será como si hubiera desaparecido de la Tierra. Se volverá invisible para sus enemigos.

–¡Oh, que Isis, la diosa protectora, cuide de ti, hijo mío! –dijo la aturdida madre entre lágrimas.

–Mientras –continuó Hotepu–, vos y yo, señora, viajaremos por tierra hasta Menfis. Tenemos que ir a buscar al visir Ineni y ponerlo al corriente de los planes de Hatshepsut. Él nos ayudará.

Isis todavía no parecía convencida.

–Vuestro plan entraña muchos peligros, querido amigo. ¡Mi hijo aún es un niño!

Tutmosis infló el pecho como un gallito:

–¿Habéis olvidado de quién soy hijo, madre? ¡El plan de Hotepu funcionará! Además –añadió mirando a Víctor–, este nuevo amigo que he conocido en... palacio y que viene de... de tierras remotas...

No pudo acabar lo que iba a decir. Las palabras se le quedaron trabadas en la boca ante la mirada de acero de Hotepu. Tutmosis era demasiado joven para poder disimular delante de un médico. La palabra *heka* flotaba en el ambiente de la sala, que ahora estaba enrarecido. Todo el mundo se quedó en silencio.

El príncipe enrojeció hasta las cejas. Pero tuvo suficiente valor para añadir, ocultando los ojos de la mirada del médico:

–Es un enviado de los dioses.

–Seguramente –murmuró Hotepu con sequedad y sin quitarle los ojos de encima al príncipe. Si hubiera podido hablar con claridad, le hubiera reprendido por hacer experimentos tan peligrosos–. Pero ya que está aquí, más vale que te acompañe. Tal vez sí que le han enviado los dioses.

Le guiñó el ojo a Tutmosis. En el fondo, Hotepu estaba orgulloso de su alumno.

Cuando oyó aquellas palabras, Víctor dejó caer al suelo el pastelito que se iba a zampar. ¿Ahora tenía que acompañar a aquel niño estrafalario en aquella especie de misión suicida? ¡Al final le sentaría mal la cena con tanto susto!

Sitah se llevó las manos a la boca para contener unas carcajadas que se esforzaban por esparcirse por la estancia:

–No pasaréis inadvertido, Tutmosis, si viajáis con vuestro amigo, por muy enviado de los dioses que sea. ¿Acaso no lo veis? ¡Nunca había visto a una persona tan extraña en toda mi vida!

–Tiene razón –dijo Isis.

–Bueno... yo... –intentó protestar Víctor.

–¿Qué podemos hacer? –preguntó Tutmosis, un poco preocupado.

La niña abrió la puerta con cautela. Después de mirar a un lado y al otro, desapareció. No se dio cuenta de que una sombra se deslizaba entre la oscuridad.

Volvió al cabo de un rato. Llevaba unas tijeras enormes en la mano.

–Antes que nada, le tendremos que dar aspecto de niño egipcio de buena familia.

Y se acercó toda decidida hacia Víctor, que intentaba computar el significado de aquellas palabras. Como computaba deprisa, dio un salto espectacular y se protegió la cabeza mientras gritaba:

–¡¡Nooooo!!! A mí no me corta el pelo nadie.

Sitah seguía avanzando amenazadora y Tutmosis se retorcía de tanto reírse.

Hotepu puso fin a la caza:

–Esperad, esperad, y bajad la voz. No nos tiene que oír nadie.

Los gritos y las carcajadas se fueron apagando poco a poco.

–El otro día –continuó Hotepu–, cuando iba paseando por el muelle, vi un barco muy extraño. Al contrario de los nuestros, la parte trasera era toda plana. Iba cargado de ánforas, seguramente de vino. Me fijé en un muchacho de vuestra edad que trabajaba en la cubierta. Cantaba una canción en nuestra lengua y eso me pareció raro. Le pregunté de dónde era y me respondió que de Biblos, y que sabía cantar en todos los idiomas del mundo.

–¡Sí que estaba pagado de sí mismo! –exclamó Tutmosis despectivamente.

–El caso es que tu amigo me recuerda a él: tenía el pelo del mismo color y lo llevaba todo despeinado, como él. Aunque no llevaba este extraño aparato encima de la nariz. Por cierto –preguntó Hotepu–, ¿para qué sirve este trasto?

–¡Un fenicio! –gritó Sitah entusiasmada y dejó la pregunta de Hotepu en el aire–. Yo sé cómo son. Y cómo se visten.

Hotepu detuvo el entusiasmo de la niña con un brusco y significativo gesto de la mano.

–No, Sitah. Has sido de gran ayuda. Pero si quieres seguir siendo útil, tienes que volver a la Casa Jeneret enseguida. Si alguien nota tu ausencia, nos puedes poner en peligro.

–Pero yo... –protestó la muchacha con los ojos chispeantes de frustración.

–¡Hazlo, Sitah! –dijo Tutmosis–. Nosotros nos ocuparemos de convertir a mi amigo en un auténtico fenicio.

Waset (Tebas)

—¿**D**e verdad no puedo ponerme las gafas?

Tutmosis levantó la vista al cielo, seguramente para pedirle a algún dios benévolo que le enviara un poco de paciencia.

—¡No! Y no entiendo por qué insistes en que sin esta cosa no ves. Aquí todos vemos y no llevamos...

—...gafas.

—Pégate a mí y fíjate dónde pones los pies.

Los dos chicos se dirigían hacia el muelle del río Nilo, en Tebas. Hotepu les había explicado muy bien cómo era el barco y les había dicho que tenían que preguntar por su amigo, Ithu.

Nadie se fijaba en ellos. Ahora solo eran dos muchachos normales que vagaban por las calles. Tutmosis, sin las joyas y los atributos reales, vestido tan solo con el taparrabos blanco y con el mechón de pelo de la infancia recogido en el lado derecho de la cabeza, era un niño egipcio como cualquier otro. De buena familia, ¡eso sí! Por eso a nadie le extrañaba que fuera acompañado por aquel criado un poco estrambótico, que caminaba tropezándose con cada piedra del camino, con la cara sucia de hollín (para disimular su extrema palidez) y que vestía un estrafalario taparrabos con motivos geométricos, que aguantaba con una mano como si tuviera miedo de perderlo. Llevaba colgado del cuello un amuleto, que representaba un escarabajo sagrado. Pero aquello no le llamaba la atención a nadie. Quien más y quien menos, todos tenían uno en el Antiguo Egipto. Aunque por supuesto no era como aquel.

–¿Recuerdas cómo te llamas? –preguntó Tutmosis inesperadamente.

Víctor puso los ojos en blanco, ante lo evidente que era la respuesta.

–Víctor...

Tutmosis le fulminó con la mirada.

–¡Ay, perdón! –reaccionó enseguida Víctor–. Quería decir Naram. Me llamo Naram, je, je...

–Bien. No te olvides. No tengo ni idea de si Naram es un nombre fenicio, pero suena bastante exótico para un egipcio. Todos se pensarán que eres extranjero. Recuerda que no tienes que abrir la boca si no es necesario.

–¡Ay, tengo la impresión de que esto no va a funcionar! –gimoteó Víctor.

Divisaron el muelle. Había una multitud de barcos amarrados. Era como un hormiguero de gente, ruido, gritos y movimento. Y color. Mucho color.

Tutmosis apenas había salido nunca de la Casa Jeneret, y cuando lo había hecho, había ido acompañado de una buena escolta. Había vivido como todos los príncipes, prisionero dentro del lujo refinado del palacio. Y ahora, Egipto, vivo y esplendoroso, real, emergía ante sus ojos asombrados. El corazón se le ensanchó y una ola de amor hacia su país le hizo temblar:

—Si Egipto se apagara, la luz del mundo quedaría atenuada.

Víctor no pudo evitar enviarle una mirada llena de admiración. Aquel niño, que tenía su edad, ¡¡¡hablaba como un libro!!! Lamentó que esa facilidad de palabra se hubiera perdido con el paso del tiempo. Por supuesto, Tutmosis era un príncipe y, por lo tanto, tenía que hablar como un príncipe. Además, él también estaba embobado delante del espectáculo, aunque su espíritu práctico le llevaba, más que a pronunciar grandes discursos, a preguntarse si serían capaces de encontrar la barca de Ithu entre tantas barcas que se apiñaban en el muelle. Sería como buscar una aguja en un pajar.

—¡Ah! Y no se te ocurra llamarme Tutmosis. A partir de ahora, mi nuevo nombre es...

—Mei —dijo Víctor-Naram, un poco fastidiado de tanto repetir la lección—. Te llamas Mei.

Los dos chicos se fundieron entre el gentío. Tutmosis arrugaba la nariz cuando alguien le tocaba o se tropezaba con él. No estaba acostumbrado al contacto físico. ¡Él era el hijo del faraón!

Llevaban un buen rato caminando. Se tenían que abrir paso a golpes de codo. Avanzaban a trompicones e incluso les resultaba difícil acercarse a los barcos. Víctor estaba cansado. No sabía caminar con aquellas sandalias de junco que le destrozaban las plantas de los pies. Se sentó sobre un gran cesto de mimbre para hacerse un masaje. Tutmosis se quedó de pie, a su lado, un poco molesto por la parada.

–Qué rollo que Sitah no haya podido venir con nosotros, ¿no? –dijo Víctor mientras se restregaba el pie derecho con fruición–. No lo entiendo. ¿Por qué era tan importante que volviera a palacio? Tú no has vuelto. Ni tampoco tu madre. Por lo tanto, ¿qué importaba si faltaba uno más? Y después está eso que le dijo Hotepu. –Repitió las palabras del médico, intentando poner una voz grave y ceremoniosa–: Eres una chica y este tipo de aventuras no están hechas para las chicas.

Movió la cabeza en señal de desaprobación:

–¡Qué fuerte! No, si ya se ve bien que es una chica; pero, ¿eso qué tiene que ver? Uy, en el cole las niñas se enfadarían muchísimo si las trataran de esta manera. Creo que los antiguos... quiero decir, que los egipcios sois un poco machistas.

–No te entiendo. No entiendo ni una palabra de lo que has dicho.

–No eres listo ni nada tú...

–Date prisa, venga. Tenemos que encontrar la barca de Ithu.

Como si las palabras de Tutmosis hubieran atraído la buena voluntad de los dioses, una voz detrás de los niños preguntó:

–¿Habéis dicho de Ithu? ¿Buscáis a Ithu? Es mi patrón y esta es su barca.

Los dos chicos se dieron la vuelta a la vez. La expresión de alegría al saber que habían encontrado su objetivo, se transformó en un rictus de desilusión al contemplar el viejo velero, descolorido por el sol, y con una sola y estrecha cabina de cañizo para acoger a los pasajeros. Debía de hacer mucho tiempo que Hotepu no veía la barca de Ithu, porque la descripción que les había hecho no tenía nada que ver con la triste realidad.

De pie, delante de aquel trasto, un marinero desdentado les sonreía.

—Me llamo Baki —dijo el marinero que tenía cara de tonto—. Voy a avisar al patrón. Os está esperando.

Un par de horas más tarde, la barca zarpaba del muelle de Tebas. Nadie de la tripulación, ni el propio patrón, sospechaba lo valiosa que era la carga que transportaban. ¿Qué habrían hecho si hubieran sabido que, en el barco, viajaba el hijo de Tutmosis II? No, era mejor que creyeran que aquel chico se llamaba Mei y su criado, Naram. Además, Hotepu había jugado una carta muy importante; sabía que el viejo Ithu protegería la vida de los dos niños por encima de todo. Porque Ithu le debía la vida.

Era mediodía cuando la barca pasó por al lado de la Ciudad de los Muertos, a la orilla izquierda del río. Víctor intentaba ver las tumbas de los reyes, pero no se veía ninguna. Solo se vislumbraban unos enormes y preciosos jardines. Le iba a preguntar algo a Tutmosis, cuando vio que una lágrima se deslizaba por la mejilla del chico. El príncipe de Egipto, desde la cubierta del viejo velero, respiraba el aliento de sus antepasados y en secreto les rendía homenaje. Víctor en aquel momento tuvo la certeza de que aquel joven príncipe era el heredero de la grandeza de los faraones y que su destino al frente de Egipto estaba escrito en algún lugar oculto.

Pasaron por al lado de edificios nuevos con paredes que relucían al sol hasta que te dolían los ojos. Pero al atravesar el centro de la ciudad, Víctor se desilusionó. La gran Tebas de la que tanto hablaban los libros de historia olía muy mal. Las casas se amontonaban como en un rompecabezas imposible. Le sorprendió comprobar que había algunas que tenían tres pisos de altura.

La navegación se hacía difícil. Había barcas por todos lados. Desde las barcas, hombres y mujeres gritaban para anunciar sus mercancías. Víctor pensó en aquellos aburridos fines de semana que tenía que acompañar a sus padres al súper. En cuanto se acordó de la familia, fue él quien derramó una lágrima. Una lágrima con un regusto amargo.

El patrón daba órdenes a los remeros para que remaran con más fuerza. Poco a poco, la pequeña embarcación de Ithu fue saliendo del laberinto.

Tebas quedaba atrás.

Fue un largo día de navegación en el que comieron la comida sencilla de los marineros y soportaron el calor como pudieron. No hablaron apenas. Ambos se sentían melancólicos. Los dos dejaban atrás lo que les era conocido y emprendían un viaje incierto.

Cuando el sol se ocultó en las aguas, Víctor pudo respirar mejor. A Tutmosis no le afectaba tanto el calor de su país, pero para Víctor era como respirar fuego.

Cenó frugalmente. El patrón les dijo que podían dormir los dos en la cabina y así estarían más cómodos.

Víctor y Tutmosis desenrollaron las esteras de papiro dentro de la estrechez de la cabina.

–¡No sé qué entiende este viejo por comodidad! –exclamó Tutmosis.

Víctor estaba tan agotado que se le cerraban los ojos.

–¿Estás dormido? –insistió Tutmosis– ¡Claro que estás dormido! A saber dónde acostumbras tú a dormir. ¡No sé qué daría por poderme lavar los dientes con natrón y peinarme con mi querido peine de madera!

Víctor levantó la cabeza y se quedó mirando a Tutmosis. La luz de la luna se colaba por las cañas de la cabina e iluminaba la cara del príncipe.

–¿Con qué narices dices que te lavas los dientes?

–¡Con natrón, por supuesto! ¿Y tú?

Víctor le iba a responder, pero de repente le dio mucha pereza tener que explicarle a un egipcio de hacía tres mil años toda la historia del dentífrico, el hilo dental, las limpiezas periódicas... Así que se dio la vuelta y cerró los ojos.

Era muy incómodo dormir en el suelo de madera de la embarcación, tanto para un príncipe como para un niño de Gracia. Los dos buscaban, sin encontrarla, una postura que les resultara un poco, solo un poco, más confortable.

Víctor vio un bulto en un rincón. Parecía blando; quizá no tan blando como un cojín de los de verdad, pero seguro que lo era más que el suelo. Se acercó sin hacer ruido y se tiró con la seguridad de que iba a caer encima de la esponjosidad de un colchón.

–¡Auuuuuu!

El muchacho se puso de pie de un bote. Tutmosis se acercó para ver qué pasaba.

–¡Ostras, chico! ¡Ya estoy muy harto de todo esto! –se quejó Víctor–. Ahora resulta que este fardo habla.

–Debe de haber un animal dentro.

Víctor palideció bajo la luz de la luna.

–¿Un animal? ¿Qué animal? –preguntó, asustado.

El fardo se movió. De repente, apareció una cabeza de su interior:

–¿Un animal? ¿De verdad pensáis que soy un animal?

Las caras de los dos niños se iluminaron por la sorpresa y ambos exclamaron al mismo tiempo:

–¡¡¡Sitah!!!

El soldado

En el muelle de Tebas, un precioso velero de proa esculpida zarpaba detrás de la pequeña embarcación de Ithu. De pie en el puente de madera, la figura soberbia de un hombre llamado Inebu, se recortaba como una poderosa esfinge, pétrea e imponente.

De madrugada, Inebu, comandante de infantería del ejército egipcio, vestido con la malla de escamas sujetada al chaleco de cuero de hipopótamo, y fuertemente armado, se presentó en los aposentos privados del gran sacerdote de Amón.

Hapuseneb le había llamado. Sabía que era el hombre que necesitaba en aquel momento. Inebu era codicioso. Casi tanto como el gran sacerdote. Tal vez por eso los dos hombres se necesitaban mutuamente, aunque no confiaran el uno en el otro. Pero Inebu sabía que si quería ganar, tenía que arriesgar. No quería ser toda su vida un simple militar que solo tuviera que obedecer órdenes. Él soñaba con escalar las cimas más altas del poder. Por eso, ahora era el momento de hacer su apuesta. Sabía que si Hatshepsut llegaba al trono de las Dos Tierras, el poder del gran sacerdote Hapuseneb no conocería límites. Y por eso necesitaba estar bajo la sombra del sacerdote de Amón y jugar a favor de Hatshepsut. Aquella alianza le abriría todas las puertas. No podía dejar de imaginar las riquezas y honores que le esperaban mientras el sacerdote le hablaba. Quizá, pensó, algún día el trono de Egipto sería suyo.

Las palabras que el sacerdote de Amón pronunciaba en aquel momento le hicieron bajar de nuevo a la tierra:

—El príncipe Tutmosis y su madre son una amenaza para la corona.

Aquello no le sorprendió en absoluto. No movió ni un solo músculo de su fornido cuerpo. Y es que Inebu era un hombre de pocas palabras. Acostumbrado a obedecer sin cuestionarse las órdenes, se mantuvo rígido e impertérrito.

—La reina es muy ingenua si piensa que podrá controlar a los que son fieles a Isis y a su hijo —continuó Hapuseneb, en un tono lleno de desprecio.

Todavía estaba profundamente dolido por cómo le había tratado Hatshepsut. Y, como era de esperar, había decidido actuar por su cuenta y solucionar el problema a su manera. Estaba seguro de que llegaría el momento en el que Hatshepsut tendría que reconocer su error. Entonces, la reina le tendría que pedir perdón.

El gran sacerdote, que también se había perdido en sus pensamientos, hizo una pausa y miró directamente a los ojos del hombre que tenía delante, como si quisiera convencerle de que había hecho una buena elección. Inebu se mantenía en actitud marcial. Su rostro era inescrutable. No mostraba ninguna clase de sentimiento. ¿Acaso tenía?

Los ojos pequeños y los labios delgados le conferían un aire mezquino. Pero lo que acababa de darle un aspecto siniestro era la cicatriz que le desfiguraba el pómulo derecho. No, seguramente no era un hombre en quien depositar la confianza; pero era un hombre dispuesto a matar.

–El príncipe tiene que morir –masculló entre dientes el sacerdote.

A Hapuseneb no se le olvidaba que una vez que Inebu hubiera cumplido su misión, le tendría que hacer desaparecer. No quería dejar rastros de su crimen.

Inebu pensaba lo mismo. Con el príncipe muerto, el gran sacerdote solo sería un estorbo para acercarse a Hatshepsut.

Aquel era, sin duda, un pacto de sangre.

El sacerdote le miró con preocupación y suspiró.

–Pasemos a los detalles.

Hapuseneb tenía espías por todos sitios. También, naturalmente, en casa del médico Hotepu. Una de las sirvientas de Hotepu había estado muy atenta en la reunión que la noche anterior había tenido lugar en la casa de su amo. Algunos detalles se le habían escapado, pero sabía que Isis y su hijo se escondían en la casa y, lo más importante, sabía que el joven Tutmosis partiría hacia Menfis en barco a la mañana siguiente.

–Tienes un velero preparado. Es rápido. Tienes que seguir el barco del príncipe sin levantar sospechas. Una vez en Menfis...

–Una vez en Menfis ya sé lo que tengo que hacer –recalcó el soldado con voz metálica.

–Nadie tiene que saber nunca que estás implicado en este asunto. Tu nombre les conduciría al mío.

Los dos hombres se quedaron mirándose fijamente. Cualquiera que los hubiera visto en aquel momento, habría pensado que se leían los pensamientos. Duró unas décimas de segundo.

Después Inebu hizo una profunda reverencia al gran sacerdote.

–Tengo que prepararme. Pronto tendréis noticias mías.

Y salió de la estancia.

Hapuseneb se dirigió hacia la amplia terraza. Los primeros y tímidos rayos de sol iluminaban la ciudad de Tebas que, aunque medio dormida e indolente, se despertaba de entre las sombras.

Hapuseneb dirigió una oración a Ra, el dios sol.

¿Qué le pedía?

El río

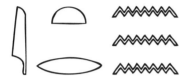

—¿Me queréis decir qué significa esto?

Ithu era un trozo de pan. Todo el mundo le quería y le respetaba. No se enfadaba nunca. Bueno, casi nunca. Porque ahora, al menos, tenía toda la pinta de estar enfadado.

Sitah se mantenía medio encogida entre Víctor y Tutmosis, como si quisiera desaparecer. Evidentemente, aquel era un barco demasiado pequeño para esconder a alguien mucho tiempo. Todos permanecían en silencio con la cabeza gacha.

—¿Qué, no me pensáis dar ninguna explicación?

Miró a la muchacha y la señaló con un dedo amenazador.

—¿Se puede saber qué hace una moza en mi barco? ¿Sabes qué se suele hacer con los polizones, niña?

Sitah respondió que no con la cabeza sin levantar los ojos del suelo. El patrón iba a volver a hablar, pero Tutmosis creyó que había llegado el momento de intervenir:

–¡Ella no tiene la culpa! –soltó con el tono arrogante con el que se dirigía siempre a todo el mundo.

El pobre Ithu se quedó más de piedra que la pirámide de Keops. ¡Aquel crío era un insolente! La indignación comenzó a hacerse visible en su rostro rechoncho, lleno de las cicatrices que el tiempo le había ido dibujando.

Víctor le dio un codazo a Tutmosis. Estaba más claro que el agua que por aquel camino no solucionaría nada de nada.

–Mi amo... bueno... Mei, sí, Mei...

Tutmosis puso cara de desespero, mientras una risita traviesa se escapaba de los labios de Sitah.

–Mi amo Mei quiere decir... os quiere explicar que nuestra... su amiga...

Uno de los marineros soltó una fuerte carcajada.

–¡Date prisa, niño! Eres más lento que Baki jugando al senet.

Este comentario hizo explotar a todos los marineros en fuertes risotadas; a todos menos a Baki, claro.

Víctor infló el pecho. Se acordó de aquella vez que salió en la función de Navidad que hacían en el colegio. Estaba muerto de miedo, pero había cerrado los ojos y después de memorizar el texto, lo había escupido como una metralleta. Así que se dispuso a seguir la misma táctica:

–La amiga de mi amo le vino a despedir y a traerle un regalo, entonces el barco se puso en marcha, nosotros nos cagamos de miedo y la escondimos. ¡¡¡Uf!!!

El viejo Ithu enterró todo el enfado dentro de un hoyo oculto en su buen corazón, mientras que Tutmosis le daba disimuladamente unos golpecitos de reconocimiento en la espalda de Víctor.

–¿Así que la moza es amiga tuya, Mei?

–¡Ah, sí, claro! De toda la vida.

Y como ya había aprendido la lección, Tutmosis se puso a hablar con una vocecita suave y humilde, más propia de un sirviente con problemas, que no de todo un príncipe egipcio:

–Es como si fuera mi hermana, señor. Nos hemos criado juntos. La despedida fue tan triste...

Sitah echó más leña al fuego:

–¡Ah, sí! Estábamos tan tristes por tener que separarnos que no nos dimos cuenta de nada... señor.

–El tiempo se detiene para los que permanecen anclados en la tristeza.

Víctor volvió a mirar a Tutmosis con la boca abierta. ¡Aquello no era un chico, era un diccionario! Intentó ser tan elocuente como el joven príncipe:

–Oh, sí... qué triste. ¡La tira de triste!

A Ithu la rabieta se le había evaporado como el olor del perfume cuando sale del frasco. Bueno, estaba claro que había sido un accidente. Los chicos no habían actuado con maldad.

–Pero ahora no podemos dar media vuelta y regresar a Tebas. Mi buen amigo Hotepu me dejó muy claro que te tenía que llevar a Menfis cuanto antes mejor.

–Oh, no, de ninguna manera. ¡No podemos volver! –sentenció Tutmosis, estirado como un gallito, que ya se había olvidado de su papel de niño bueno.

–Tut... –le riñó Víctor al oído.

–Pero esta muchacha tendrá familia. Sufrirán por ella...

Sitah se acercó un poco más al viejo marinero y se lo quedó mirando fijamente a los ojos. Después le dijo en tono confidencial, susurrando, como si le estuviera explicando un gran secreto que nadie, salvo él, pudiera oír.

–No padezcáis más, buen señor. Me ha enviado el mismo Hotepu. Soy... soy su sobrina y tengo que vigilar a los niños para que se porten bien. –La voz se le volvió un suspiro–. Pero ellos no tienen que saber nada.

Los ojos risueños de Sitah se posaron en aquellos otros ojos bondadosos.

Así quedó aclarada la cuestión y el problema dejó de serlo. Y durante los quince días que duró la travesía, los tres camparon por el barco velero como si fueran los dueños.

Ithu los miraba sonriendo, añorando los nietos que no había tenido, les consentía todos los caprichos y les perdonaba todas las travesuras. No sabía por qué aquellos niños eran tan importantes para Hotepu, ni por qué los tenía que llevar a Menfis con tanto secreto y tanta urgencia, pero estaba contento de hacerlo.

Aquel viaje fue maravilloso. El príncipe dejó de ser un príncipe y Víctor, un niño perdido en la historia. Sitah era lo que siempre había sido: la niña más encantadora del mundo, y ella y Tutmosis cada vez se miraban con ojos más dulces.

–¡¡¡Tut está colado por Sitah!!! –gritaba Víctor para hacer enfadar a Tutmosis.

–¡No te entiendo cuando hablas así! ¡¡¡Y no me llames Tut, pato desplumado!!!

Pero el viaje llegaba a su fin. Estaba oscureciendo y al día siguiente por la mañana divisarían la ciudad de Menfis.

Todos estaban un poco tristes. Tebas había quedado atrás y no sabían qué les esperaba en la ciudad amurallada.

Ithu leyó la incertidumbre en la mirada de los jóvenes y les quiso hacer un último regalo:

–Venid aquí, chicos, venid. No estéis tan enfurruñados. El viejo Ithu os explicará una historia –les dijo.

La noche se iba adueñando del Nilo. Las aguas reflejaban la luz plateada de la luna. Se oían los cantos de los grillos, el murmullo de las aguas mientras dejaban paso al velero.

Se sentaron alrededor de Ithu, que empezó a hablar:

–Dice la leyenda que cuando Ra, el rey de los dioses, comenzó a sentirse viejo, se dio cuenta de que los hombres que vivían en el valle y en el desierto ya no le respetaban como antes. Por lo visto, hasta pensaban rebelarse contra él.

»Furioso, Ra decidió enviar a la diosa Sekhmet a la Tierra, donde tenía que extender la mortalidad entre los hombres. La diosa, que era muy cruel, enseguida se puso a trabajar. Una vez cumplida una parte de su misión, fue a ver a Ra para informarle.

»Ra, no obstante, ya se había arrepentido de haber tomado aquella decisión tan radical y quiso salvar al resto de la humanidad. Pero Sekhmet no estaba dispuesta a dejar de lado aquella labor que tanto la complacía. Para engañar a la sanguinaria diosa, Ra derramó gran cantidad de vino por todo el mundo. La diosa se bebió el vino, convencida de que era sangre, y se quedó dormida; de tan bebida que iba, no pudo cumplir el resto de la misión. De esta manera, una parte del género humano se salvo de ser aniquilado.

Los tres jóvenes engullían las palabras del viejo marinero como la arena del desierto absorbe las gotas de agua. Estaban maravillados ante todas las historias y leyendas que Ithu conocía, y que les contaba con aquella voz llena de sabiduría. Le pidieron más y más. Nunca tenían suficiente. Hasta que el marinero, cansado, les dijo:

–Todo el mundo a dormir. Mañana será un día muy largo y a mí ya me duelen los huesos.

Tutmosis y Víctor también estaban cansados y aunque, refunfuñando, hicieron caso a Ithu; se fueron a la cabina y se quedaron dormidos enseguida.

Pero aquella noche el sueño no acudió a visitar a la hermosa Sitah. Además, a ella le gustaba navegar. Apoyada en la baranda, disfrutaba con cada movimento de la pequeña embarcación. Las horas fueron pasando sin que se diera cuenta ni notara el cansancio de la noche en vela. Cuando la luz de la aurora comenzó a teñir las aguas con su mano clara, la muchacha seguía contemplando la inmensidad de aquel azul que parecía no tener fin.

Y entonces apareció, imponente y blanca. Como en un sueño.

Primero pensó que los ojos la engañaban, pero poco a poco la silueta de la ciudad se fue haciendo más nítida y brillante. Sitah gritó:

–¡Mirad! ¡Mirad! ¡Venid todos! ¡Las murallas blancas! ¡Las murallas blancas!

Inebu-Hedy, «las murallas blancas» (Menfis)

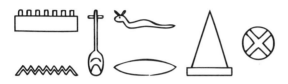

Habían pasado quince días navegando por el Nilo y, por fin, divisaban la ciudad de las murallas blancas, como la llamaban los antiguos. A Menfis aquel nombre le iba que ni pintado porque, en efecto, las murallas que la rodeaban y la protegían eran tan altas como palmeras. Tutmosis, con la boca abierta de pura admiración, exclamó:

–¡Por Ra! Brillan más que las plumas de un ibis.

Al cabo de un par de horas, amarraba en el muelle de Menfis el barco que transportaba en secreto al pretendiente al trono de las Dos Tierras.

Según las instrucciones que Ithu había recibido de Hotepu, lo primero que tenía que hacer era ir a entregar, personalmente, un mensaje al gran sacerdote del templo de Ptah, el más importante de la ciudad. Por lo visto, tenía que ser este sacerdote, hombre fiel a la causa de Isis y su hijo, el que acogería a Tutmosis y le protegería de la codicia y la maldad de sus enemigos.

El viejo patrón se disponía a bajar a tierra con una tablilla de madera en las manos, escrita por el mismo Hotepu. Se notaba que estaba nervioso y buscaba mil excusas para retrasar su partida. Una desazón que le pesaba en el pecho como una losa.

O tal vez era un presentimiento. En la larga vida de Ithu, los presentimientos habían sido frecuentes y, generalmente, acertados. A lo mejor de ahí procedía su sabiduría.

Estuvo dando vueltas por el barco; gritaba órdenes a sus hombres, y al cabo de pocos segundos, les ordenaba lo contrario. El que más y el que menos le miraba con unos ojos llenos de extrañeza.

–¡Por las babas del cocodrilo! ¿Qué le pasa al amo hoy? –preguntó Baki con aquella lenta forma de hablar; tan lenta como sus movimientos.

Finalmente Ithu se acercó a los tres chicos y les dijo:

–Ahora tengo que salir. No me gusta dejaros aquí, pero no me podéis acompañar. Aún no. Tengo... tengo que recibir instrucciones. –El rostro se le oscureció visiblemente–. Por nada del mundo tenéis que abandonar el barco hasta que yo llegue. ¿Me habéis oído?

Ellos asintieron en silencio.

–No sé cuánto rato estaré fuera, pero tenéis que entender muy bien lo que os acabo de decir. No os tenéis que mover del barco para nada.

Tutmosis dejó escapar una risa burlona.

–¿No nos podemos mover aunque el barco se prenda fuego?

A Ithu la broma del príncipe no le hizo reír como a los chicos. Más bien al contrario, sus ojos pequeños se nublaron un poco más, llenos de negros presagios.

–Aunque todo Egipto arda en llamas. Se lo he prometido a mi amigo Hotepu. Y haría cualquier cosa por él. Le debo...

El viejo se paró de repente y la curiosidad de Tutmosis se manifestó con rapidez:

–¿Qué? ¿Qué le debéis a Hotepu?

–¡La vida!

Después de estas misteriosas palabras, Ithu, finalmente, se fue.

Tutmosis, Sitah y Víctor contemplaron cómo se alejaba y se fundía en la confusión del muelle.

–¡Aunque todo Egipto arda en llamas! –exclamó Tutmosis, imitando la voz y la postura de Ithu–. ¿No pensáis que es un poco exagerado?

–A mí me parece que Ithu es un buen hombre. Y es fiel a Hotepu –dijo Sitah–. Pero hay algo misterioso en él.

–Hombre, si dice que le debe la vida a Hotepu –añadió Víctor, lleno de espíritu práctico–, es supernormal que le quiera devolver el favor, ¿no? Es lo que solemos decir: «¡Tío, te debo una!».

Tutmosis y Sitah se quedaron mirando a Víctor como si acabara de caerse del carro de Osiris. Bueno, bien mirado, tampoco se equivocaban mucho. Tutmosis seguía contemplando la ciudad con avidez. Tenía algo metido en la cabeza, eso era evidente. En aquel momento, habría dado su reino por poder ser un niño como cualquier otro y visitar libremente la ciudad de sus antepasados. Poco a poco se fue convenciendo de que como príncipe de Egipto tenía la obligación de conocer la segunda ciudad más grande de su reino sin que nadie le pusiera ningún impedimento.

–Ithu aún tardará en volver...

Víctor abrió los ojos de par en par. Se lo veía venir:

–Pero Tut... Ithu ha dicho que...

Tutmosis no le escuchaba. Estaba acostumbrado a hacer su voluntad y ahora su voluntad era ir a explorar aquella ciudad que no conocía. Había algo de aventurero y de alocado en el corazón de Tutmosis. Sitah miraba al príncipe con admiración. Estaba clarísimo que la chica lo seguiría en cualquier aventura que él emprendiera.

–Cuando vuelva, ya estaremos aquí. No se enterará.

–Y yo llevo algo de dinero encima. Podríamos comprar comida en los puestos del puerto. Estoy harta de comer pescado seco día sí, día también. ¿No os morís por un poco de fruta fresca? –preguntó Sitah, sonriente.

–¡Alabada sea Nut! –se entusiasmó aún más Tutmosis–. Es una excelente idea.

Víctor no salía de su asombro.

–Pero... Pero, ¿os habéis vuelto locos? ¿Y los marineros? Nos vigilan y además Ithu ha dicho...

El orgulloso Tutmosis no le dejó acabar:

–¡Por el ojo de Ra! Mira que llegas a ser miedoso. ¡¡¡Pareces hecho de barro del Nilo!!! ¿Acaso ves algún marinero vigilando ahora?

En efecto, la pequeña tripulación del barco tenía tantas ganas de pisar tierra firme como Tutmosis y Sitah. La mayoría se había dispersado por las tabernas del gran puerto de Menfis, en cuanto el amo del barco había desaparecido, y habían dejado al pobre Baki vigilando. Pero Baki pegaba unos ronquidos que se oían hasta en Babilonia.

–¡Adelante! –gritó Tutmosis como si estuviera al mando de un ejército.

Sitah le siguió, exultante de alegría. Víctor, al darse cuenta de que aquellos dos descerebrados desaparecían de su vista, echó a correr detrás de ellos:

–¡Eh, esperad! ¡Ostras, menudo lío!

Sí, Víctor no había tenido una vida muy tranquila desde que se le ocurrió tocar aquel escarabajo verde. Y, por lo visto, se complicaba por momentos. Porque, ¿qué les podía esperar en medio de Menfis a un príncipe inquieto, a una muchacha enamorada y a un jovencito del barrio de Gracia un poco indeciso?

–Esto acabará mal –sentenció Víctor mientras intentaba dar caza a aquel par de imprudentes.

El bullicio de Menfis se los tragó enseguida. Se metieron por calles y plazas que no conocían. Tutmosis sabía que aquella ciudad había sido la capital de Egipto hacía ya muchos años. Como príncipe que era de aquel país, conocía bien su historia También sabía que aunque Tebas ostentaba en aquellos momentos el sitio más prominente entre las ciudades egipcias, Menfis se mantenía orgullosa por su pasado y debido a su situación privilegiada era conocida como *La Balanza de las Dos Tierras*.

–¡Abrid bien los ojos! –dijo Tutmosis a sus amigos, lleno de orgullo–. En esta ciudad vivieron los faraones más grandes de Egipto.

La ciudad, majestuosa e imponente, tan poblada como Tebas, estaba repleta de templos y palacios que rodeaban el gran templo de Ptah, como si este fuera un gran imán. Víctor se fijó que cada vez que pasaban por delante de un templo, Sitah echaba a correr, despavorida:

–¿Qué le pasa? –preguntó, extrañado–. ¿No le molan los templos?

–Tiene miedo de que la vea el dios y que se enfade con ella. Como se ha escapado...

Víctor se quedó mirando a Tutmosis como si no terminara de creerse lo que acababa de oír; decididamente, cada vez entendía menos a aquellos egipcios.

–¿Y tú? –no pudo evitar gritar–. Tú no solo te has escapado, sino que además nos has hecho escapar a todos. ¿A ti no te dan miedo los dioses?

La cara del joven príncipe se alteró y clavó los ojos negros, como flechas, en la cara de aquella extraña criatura que los dioses le habían enviado, no sabía bien por qué, porque de hecho no servía apenas para nada:

–Yo soy Tutmosis...

–Vale, vale... entendido –le soltó Víctor un poco mosqueado–. Eres Tut, hijo de faraones y toda la pesca... Ya me conozco esa cantinela. Rallas más que Jaume Camperols.

Tutmosis se quedó de una pieza. No había entendido casi nada de aquel discurso, pero estaba seguro de que nunca, nunca en toda su corta vida, nadie se había atrevido a hablarle en aquel tono. Por eso echó a correr detrás de Víctor, que le había dejado de piedra y dijo lo único que se le ocurrió en aquel momento:

–Escucha, serpiente de agua, mosca negra que vive en las cagadas de los hipopótamos... te he dicho... te he dicho... ¡¡¡Que no me llames Tut!!!

Víctor movió la cabeza en señal de desaprobación:

–¡Buf! ¡Qué príncipe más malhablado!

Sitah había comprado dátiles y se los zamparon en menos que canta un gallo. ¡Estaban hambrientos! Con el estómago un poco más lleno, hasta Víctor parecía disfrutar más de la visita a la ciudad. Caminaban y caminaban, charlando, haciendo bromas y riéndose, sin darse cuenta de lo que se habían alejado del muelle. Tampoco se dieron cuenta de que desde que habían abandonado el barco, tres hombres les seguían de cerca. Eran tres malhechores a sueldo de Inebu. Tres hombres al acecho de Tutmosis, dispuestos a eliminarlo por dinero. Tres hombres que nunca nadie podría relacionar ni con Inebu, ni mucho menos con el poderoso Hapuseneb.

–Mirad, esto se parece al barrio de los artesanos de Tebas –dijo Sitah y señaló una callejuela llena de pequeños talleres donde trabajaban a destajo.

Víctor se quedó petrificado al ver cómo en uno estos talleres, pequeños y sucios, trabajaban con oro fundido.

–¡Ostras! ¡Qué pasada...!

–Es el taller de los orfebres –dijo Tutmosis sin entender qué sorprendía tanto a Víctor–. Trabajan con oro, con plata, cobre y otros metales.

Los niños asomaron la cabeza dentro del taller. Una bocanada de calor les hizo retroceder de inmediato. Pero la curiosidad de Víctor era tan fuerte que volvió a fisgonear. Se fijó que en medio del taller, en el suelo, había un gran agujero donde se fundían los metales. Tampoco le pasó desapercibida la esmirriada figura de un muchacho, más pequeño que él, sucio de pies a cabeza y medio desnudo, que delante del agujero hacía funcionar un fuelle para mantener el fuego siempre vivo. El calor que tenía que soportar el niño durante todo el día era infernal.

–¡Explotadores infantiles! –gritó, indignado, cuando se encontró de nuevo con Tutmosis y Sitah, que paseaban por otros talleres.

Víctor estaba acalorado, impresionado y muy cansado. Se sentó en el suelo, apoyado en una pared.

–¡No puedo más! Llevamos horas caminando. Y pensaba que ir a buscar setas con mi abuelo era lo que más cansaba del mundo. ¡Ay, lo que daría yo ahora por un buen plato de setas a la brasa!

Tutmosis y Sitah se miraron y encogieron los hombros.

–¿De qué hablas? –preguntó Tutmosis–. Eres más extraño que un cocodrilo de color azul.

–Decía que Ithu ya nos debe de estar buscando por todo Egipto.

Sitah miró a Tutmosis y dijo con voz suplicante:

–Quizá sí que tendríamos que volver.

La dulzura de la chica fue el argumento más poderoso para convencer al orgulloso príncipe y dar por acabada la aventura por Menfis. Así que dejaron atrás el barrio de los artesanos y deshicieron el camino andado, sin el entusiasmo que les había empujado a la aventura. El cansancio y, por qué no decirlo, la mala conciencia, les hacía caminar en silencio, cada uno inmerso en sus propios pensamientos.

Ninguno de los tres se dio cuenta de aquellas tres sombras que los seguían por todas partes.

De repente, se empezaron a oír cánticos y gritos, y pronto pudieron ver una gran multitud que caminaba en fila y se acercaban a donde estaban ellos.

–¡¡Un funeral!! –gritó Tutmosis.

–¡Vaya! Solo me faltaba esto. Vamos, venga, que estas cosas dan yuyu.

Sitah miró a Víctor con ojos risueños:

–¿Qué dices?

–¡¡¡Que el tiempo vuela!!!

La chica alzó la vista hacia el cielo:

–Pero si el tiempo no tiene alas –dijo, extrañada. Se dirigió a Tutmosis y añadió tímidamente–. Pero a lo mejor sí que es un poco tarde, ¿no?

Tutmosis no los escuchaba, se había quedado con la boca abierta, mirando aquella gran procesión. Seguro que se trataba del funeral de alguien importante. Delante de la comitiva iba toda la gente bailando. Detrás de los bailarines, un grupo de mujeres lloraba a voz en grito, se estiraba del pelo y se lanzaba tierra por encima.

–¡Pobre familia! –comentó Víctor y le provocó una risita ahogada a Sitah.

–No, hombre; no son su familia. Son solo las plañideras. Hoy lloran por este muerto y mañana lo harán por otro. Es su oficio.

El muchacho se quedó mirando a Sitah como si hubiera perdido el juicio.

–¡Yo alucino pepinillos! Mira que llegáis a ser raros, ¿eh?

En aquel momento, delante de ellos desfilaban los sirvientes del difunto. Llevaban los muebles y los objetos personales del amo a la tumba. También llevaban bandejas llenas de comida.

–¿Pero qué es esto, un entierro o una fiesta de fin de curso?

Tutmosis le hizo callar. Se acercaba un ataúd grande e impresionante arrastrado por bueyes. Delante, caminaban los sacerdotes con la cabeza rapada. Detrás del ataúd, un puñado de niños saltaban y bailaban al compás de los instrumentos.

Entonces, Tutmosis tuvo una de sus geniales y atrevidas ideas:

–¡¡¡Vamos con los niños!!!

–¿Qué? –preguntó Víctor, aterrado.

Tutmosis se quedó mirando a sus dos compañeros. Sitah tampoco estaba muy convencida; se habían quedado paralizados como dos esfinges y no movían ni un músculo. Se puso muy serio y les dejó irse, con la cara enrojecida por la indignación:

–No vengáis, si no queréis. Ya veo con qué clase de cobardes me las tengo que ver. –Y añadió–: Pero un faraón tiene que haber visto, al menos una vez en su vida, cómo el pueblo entierra a sus muertos.

Y dándoles la espalda, se fundió con el grupo de niños y niñas que seguían a la comitiva. Sitah y Víctor intercambiaron una mirada llena de resignación y le siguieron automáticamente.

De detrás de una esquina, los tres hombres que no se habían perdido ni un solo movimiento de los niños, echaron a correr hacia la comitiva fúnebre. Estaban a punto de alcanzarlos, cuando un sacerdote gordo y de aspecto temible, con una piel de pantera que le cubría el cuerpo, los detuvo:

–¿Dónde vais?

Los tres hombres pararon en seco, sin apartar la vista del séquito que se alejaba y de la figura de aquellos tres muchachos que ahora bailaban y saltaban con los otros.

–Fuera de aquí, granujas. ¿Os pensáis que no he visto nunca a un salteador de tumbas? Fuera o haré que os corten la nariz antes de que os dé tiempo a robar nada.

Los tres hombres se quedaron quietos mientras la comitiva funeraria se alejaba de su vista.

La tumba

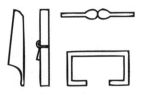

La comitiva llegó a Saqqara, la Ciudad de los Muertos. Todo estaba dispuesto para el entierro del difunto. Sitah se había ido contagiando del entusiasmo y la curiosidad de Tutmosis. De Víctor no se podía decir lo mismo. Seguía encogido como un gusano, mirando todo lo que le rodeaba con los ojos llenos de miedo.

–¡Me gustaría tanto ver cómo sale el *ba* del difunto del interior de su cuerpo! –dijo la chica, abriendo mucho sus inmensos ojos negros.

Víctor, al oír estas palabras, se quedó petrificado de horror. Además de asustado, estaba un poco mareado. Víctor era listo, observador y un poco aprensivo. Todo hay que decirlo.

–Yo me espero fuera, a mí no...

No pudo acabar aquella frase. Un ruido como de caballos relinchando en plena estampida se aproximaba a ellos.

–¿Qué es esto?

La pregunta de Tutmosis también quedó sin respuesta. El aire se volvió marrón. Enseguida se dieron cuenta de que una enorme nube de tierra se extendía por la Ciudad de los Muertos y la envolvía en la más oscura de las penumbras.

La tierra no tardó en azotarles el cuerpo. Tuvieron que taparse el rostro con las manos. Las piernas les picaban como si centenares de hormigas se les subieran por ellas. Tutmosis gritó para que le oyeran entre aquel bullicio:

–Dadme la mano. ¡No nos soltemos por nada del mundo!

Los tres se agarraron de las manos y agacharon la cabeza mientras sellaban los ojos y la boca. No podían ver ni oír nada. Los asistentes al funeral se habían dispersado o, quizá, Osiris estaba enfadado con el difunto y se los había tragado a todos.

Los tres jóvenes avanzaban penosamente en medio de la oscuridad y del latido de la tormenta. Iban sin rumbo. Hasta que Sitah estiró de los otros dos y gritó:

–¡Por aquí... me he tropezado con una roca!

Efectivamente, la chica acababa de encontrar la entrada rocosa de una especie de cueva. Entraron corriendo y se dejaron caer al suelo, extenuados. Durante unos minutos no pudieron abrir los ojos que les escocían como picaduras de escorpiones.

–¡Puaj, qué asco! –dijo Víctor, escupiendo granos de arena.

Poco a poco se fueron calmando. La terrible tormenta seguía soplando fuera, pero al parecer ellos estaban a buen recaudo.

–¿Dónde estamos? –preguntó Víctor.

–Dentro de una tumba –respondió Tutmosis y echó un vistazo a su alrededor.

Víctor se levantó de un salto, dispuesto a salir de allí dentro a todo correr. Aquello era como salir de Guatemala y entrar en Guatepeor. Pero Sitah lo agarró del brazo para retenerlo y le dijo:

–En una tumba descansan los muertos, que no nos harán daño. Pero si sales afuera, el que morirá serás tú.

El muchacho volvió a sentarse. El argumento de Sitah era muy convincente. No había apenas luz allí dentro, por no decir nada. Por eso ni Tutmosis ni Sitah se dieron cuenta de que su compañero estaba más amarillo que la cera de abeja y que le faltaba muy poco para sacar los dátiles que se había comido, enteros, con hueso y todo.

Tutmosis se levantó sin decir nada y desapareció. Sitah se sentó al lado de Víctor y le dijo:

–No nos pasará nada, ya verás. Estas tormentas no duran mucho.

Y con una sonrisa, le apartó de los ojos un mechón de pelo enredado, ahora, además, lleno de tierra. Víctor miraba a la chica, extasiado. ¡Era tan guapa!

Aquellos ojos tan negros y brillantes que Sitah clavaba sobre él, le mareaban. Y además le recordaban a algo. O, tal vez, a otros ojos. Pero, ¿a qué otros ojos le recordaban? Embobado, mirando a Sitah fijamente, le vino un nombre a la boca:

–¡Claudia!

–¿Qué? –preguntó Sitah, sorprendida.

Víctor dijo en voz muy baja:

–Nada... una... una amiga...

¡Mira que llegaba a tener mala suerte! Claudia no se había dignado nunca a regalarle ni una mirada. Y ahora resultaba que la primera chica que advertía su existencia sobre el planeta Tierra tenía unos tres mil años más que él. Hay diferencias de edad que son insalvables.

En aquel momento, Tutmosis volvió a aparecer por la abertura del pequeño pasadizo por donde había desaparecido hacía unos minutos.

–¡Venid, rápido! He visto luz y humo en uno de los pasadizos.

–¡Yo no me muevo de aquí ni loco! –tartamudeó Víctor.

–¡Venga, arriba! Seguramente se trata de la comitiva del funeral. Seguro que hemos ido caminando en círculos y hemos acabado entrando en la misma tumba de donde veníamos.

El razonamiento de Tutmosis parecía incluso sensato viniendo de él. Víctor se repitió unas quinientas veces, antes de ponerse de pie, que seguro que tenía que ser eso. A pesar de todo, las piernas le seguían temblando como hojas de platanero empujadas por un tifón. Sitah le ofreció una mano, que él se apresuró a agarrar.

Los tres se sumergieron en la estrechez de un pasadizo lleno de pinturas que casi no podían distinguir, en cuyo fondo brillaba una luz.

Siguieron avanzando, haciendo caso omiso de las protestas de Víctor, que iba refunfuñando que la tormenta ya tenía que haber pasado y también decía una cosa rara sobre un entrenamiento y unos novillos.

Vieron una escalera de mano, que bajaba hacia el sepulcro subterráneo.

Tutmosis frunció el entrecejo en un gesto de disgusto:

–Me juego el cetro de Egipto a que han saqueado esta tumba.

–¡Pues vamos! Prefiero comer tierra que verme las caras con unos criminales –dijo Víctor, contento por haber encontrado un motivo para huir de allí corriendo.

El príncipe le miró con suficiencia:

–No creerás que la acaban de saquear, ¿no?

–Hombre... yo...

Y sin encomendarse a Nut ni a Isis, Tutmosis empezó a bajar por la escalera.

–¿Vienes? –le preguntó Sitah a Víctor.

–No... no... Yo me quedo aquí... vigilando... por... por si acaso.

Tutmosis y Sitah bajaron hasta llegar a una gran sala iluminada con pequeñas lámparas de aceite. Todo estaba revuelto y había un olor empalagoso que inundaba los orificios de la nariz y llegaba hasta el cerebro. Era un perfume exquisito y venenoso al mismo tiempo.

Un poco embriagados por la intensa fragancia que, como una nube pesada, llenaba la tumba, se acercaron al sarcófago. Tutmosis cogió una pequeña astilla y la encendió para ver mejor lo que había dentro.

–¡Por Horus! ¡Lo han profanado!

Sitah, curiosa, miró dentro y a continuación soltó un grito de terror y se tapó los ojos. Efectivamente, habían profanado la momia. Le habían robado todas las joyas y le habían arrancado las vendas; ahora mostraba la cara de la muerte con toda su crueldad.

–Por eso huele así –concluyó Tutmosis–. Son los ungüentos funerarios.

De súbito se vieron rodeados por un haz de luz. El joven cogió a la chica e intentó, a la desesperada, ocultarse en la oscuridad. Cuatro hombres, cuatro ladrones de tumbas, muy enfadados porque los habían interrumpido en plena faena, se lo impidieron.

Avanzaron hacia ellos. Más. Un poco más. Los niños retrocedieron hasta que se toparon con una pared. La luz de las antorchas les caía encima, reveladora, acusadora, mientras que la oscuridad más absoluta invadía el resto de la tumba. Uno de los hombres se sacó un puñal del taparrabos.

–¡Date prisa! –dijo el que parecía que mandaba–, llevamos ya mucho tiempo aquí. La tormenta ya debe de haber terminado y aún nos encontraremos con los guardias que hacen la ronda.

Tutmosis y Sitah cerraron los ojos, mientras lamentaban que su paso por aquella vida hubiera sido tan corto.

«Qué gran faraón se pierde Egipto», pensó Tutmosis, seguro de que aquel era su último pensamiento.

En aquel momento, un ruido extraño interrumpió la acción criminal de los ladrones. Tanto ellos como los niños se quedaron petrificados.

–¿Quién anda ahí? –preguntó uno de los hombres. Y con la antorcha iluminó el sarcófago, de donde venía el ruido.

Lo que vieron les dejó clavados al suelo. Los restos ennegrecidos del difunto estaban derechos encima del sarcófago y bailaban una danza macabra, mientras la boca se abría y se cerraba emitiendo unos sonidos guturales aterradores.

–¡Por Ra! El muerto está vivo... –gritó uno de los hombres, mientras tiraba al suelo la antorcha y salía como alma que lleva el diablo hacia la escalera.

–Su *ba* está a punto de salir por la boca. ¡Nos matará! ¡Se vengará de nosotros!

Y entre gritos, atropellándose los unos a los otros para salir los primeros, los ladronzuelos huyeron de la tumba.

Tutmosis abrazó a Sitah. Los dos estaban sentados en el suelo con los ojos clavados en aquel espectro. Estaban tan muertos de miedo que no se les había ocurrido ni echar a correr.

–¿No que... querías ver el *ba* de un di... difunto? –Tutmosis aún tuvo fuerzas para tartamudear.

En aquel momento la momia volvió a caer dentro del sarcófago como si fuera un montón de paja.

–¡Ostras, qué cantidad de porquería! –dijo Víctor restregándose las manos frenéticamente, de pie en el sarcófago.

Tutmosis cogió una de las antorchas del suelo, se acercó y ayudó a Víctor a salir del ataúd. Su cara reflejaba admiración y respeto:

–Ahora ya sé por qué te enviaron los dioses.

Víctor se echó a reír, un poco histérico, hay que decir.

–Ha estado bien, ¿eh? Lo leí en una novela... ¿Qué haces?

Tutmosis estaba de pie, su postura era arrogante, como siempre. Aunque la mirada le brillaba de emoción. Pero Sitah se había arrodillado delante de Víctor en señal de respeto.

Víctor se sentía un poco incómodo. Una cosa era que Claudia no se dignara a dirigirle la mirada, y otra muy diferente era que las chicas egipcias cayeran rendidas a sus pies. Aunque, a decir verdad, aquello no le desagradaba del todo.

«¡Ostras! Ahora me tendría que ver Camperols», pensó.

–Nos has salvado la vida –dijo Sitah, todavía temblando de miedo.

–¡Has salvado la vida del príncipe de Egipto! –recalcó Tutmosis.

–¿Y si nos dejamos de embobamientos egipcios y salimos de aquí? –propuso Víctor–. A lo mejor sí que te he salvado la vida, pero cuando lleguemos al barco, estoy seguro de que Ithu nos arrancará el pellejo a los tres.

Emprendieron el camino de salida. El humor de Víctor había mejorado mucho. Mientras caminaban por los pasadizos de la tumba, su voz resonó alta y clara:

–¡Ah, Tut, me debes una!

La caza

Al salir al exterior, los tres jóvenes respiraron con deleite el aire fresco que les acarició el rostro para darles la bienvenida.

En efecto, la tormenta ya había pasado y en el cielo centelleaban las primeras estrellas.

–¡Ya es de noche! –exclamó Sitah, estupefacta.

Víctor, lleno de confianza en sí mismo despúes de su hazaña, tuvo valor para dar su opinión y lo hizo en un tono más bien recriminatorio:

–¡Y no se ve ni un *ba*! Los del funeral a estas horas deben de estar en Menfis. ¡Ya me diréis cómo vamos a salir de aquí!

La chica agachó la cabeza y dejó caer unas lágrimas:

–¡Pobre Ithu! Debe de estar angustiado por nosotros. Creo que hemos sido muy desconsiderados.

Víctor se quedó mirando a Tutmosis, enfurruñado. De hecho, era por culpa suya que se encontraran en aquella situación. Pero el príncipe desvió la mirada y alzó la cabeza más estirado que nunca. A él nadie podía decirle lo que tenía que hacer o lo que no tenía que hacer. ¿Qué se había creído aquel incrédulo?

–¡Saldremos de esta! –dijo, convencido.

Y como si las palabras del aspirante a faraón fueran mágicas, de repente se oyó el sonido de unas ruedas y de unas voces que se aproximaban.

Corrieron en dirección al ruido. Un carro tirado por bueyes se acercaba. Entre la penumbra, distinguió dos figuras encima del carro. Los niños empezaron a gritar y hacer señas. El hombre que llevaba el carro, al ver aquellas sombras que se movían delante de él, detuvo a los bueyes.

–¿De dónde salís, jovencitos? –preguntó mientras observaba a los niños bajo la luz de una lámpara de barro.

–Íbamos siguiendo un funeral –contestó Tutmosis, que como siempre llevaba la voz cantante–, pero nos ha sorprendido una tormenta y nos hemos perdido.

–¡Sí, por Thot! –exclamó el hombre–. Ha sido una tormenta terrible.

–¿Nos podríais llevar hasta Menfis? –preguntó Sitah, animada ante la posibilidad de volver al barco.

Se oyeron unas risas.

–¿A Menfis? ¡Imposible! –dijo un chico un poco mayor que ellos, que acompañaba al hombre.

La decepción se dibujó en el rostro de los tres jóvenes. Incluso Tutmosis se quedó sin palabras, lo que era muy extraño en él. Después de unos minutos, que se hicieron eternos, consiguió preguntar:

–¿Y hacia dónde os dirigís, si se puede saber?

–Hacia el Delta, muchacho –respondió el hombre mayor–. Vamos a cazar hipopótamos. La tormenta ya ha retrasado nuestra salida. No podemos pasar por Menfis. Perderíamos mucho tiempo.

De nuevo la voz alegre del chico del carro sonó animadora en medio de aquel paisaje desolador:

–¿Qué, valientes? ¿Os apuntáis?

Sin pensárselo ni un segundo más, Tutmosis levantó la mano hacia el hombre del carro para que le ayudara a subir.

–¡Sí, claro! –dijo, sonriente. Nunca decía que no a un nuevo reto.

Víctor y Sitah se le quedaron mirando con ojos aterrorizados. La osadía del príncipe ya había puesto su vida en peligro una vez. ¿Qué pretendía ahora?

Víctor no pudo evitar que un escalofrío le recorriera el cuerpo mientras preguntaba con voz irritada:

–¿Se puede saber en qué estás pensando? Lo que nosotros tenemos que hacer es volver a Menfis.

–No os lo aconsejo hasta que se haga de día, chicos. Mirad a vuestro alrededor. ¿Qué veis? Yo no veo más que sombras y tumbas.

Tutmosis, desde lo alto del carro, dijo con socarronería:

–Ah, no pasa nada, buen hombre. Mis amigos son muy valientes. No les importa en absoluto tener que pasar toda la noche en una tumba.

De un salto, Víctor se subió al carro. Era el hito deportivo más grande de su vida. Le dio la mano a Sitah que también subió deprisa y corriendo. ¡Ellos dos ya habían tenido suficientes tumbas por un día!

–Bueno, pues, bienvenidos. Me llamo Payis y este es mi hijo mayor, Ani.

Y, después de aquella breve presentación, Payis volvió a fustigar a los bueyes para que se pusieran en marcha.

Tenían un largo camino por delante. Payis les dijo que no llegarían al Delta hasta el mediodía del día siguiente.

–Y eso si no nos encontramos con problemas por el camino.

El cielo estrellado, el traqueteo del carro y el cansancio por las emociones vividas aquel día, fueron motivos más que suficientes para que los párpados de los tres niños se cerraran rendidos por el sueño.

Antes de dormirse, no obstante, Tutmosis susurró:

–La tormenta primero y ahora los hipopótamos.

–¿¿¿Hummmm??? –murmuraron Víctor y Sitah que ya casi daban cabezadas.

–¿No lo relacionáis? Seth es el dios de las tormentas. Y a menudo también se le representa como un hipopótamo.

Permaneció en silencio durante unos breves segundos. La voz se le apagaba. El sueño era más poderoso que su mente siempre ágil y despierta.

–Seth, el dios del mal. ¿Qué nos espera ahora?

Al salir el sol pararon para comer y descansar. Los niños compartieron el pan y la fruta con el amable Payis y su hijo.

Sentados en el borde del carro, el hombre les dio más detalles sobre el motivo de su excursión al Delta.

–Soy un guardia de La Ciudad de los Muertos, pero nací en el Delta. Mi hermano todavía vive allí, con su familia. Es campesino, como lo fueron todos nuestros antepasados.

Hizo una pausa y se remojó la garganta con cerveza floja:

–Los hipopótamos son una plaga para los campesinos. Destrozan las cosechas; comen lo que quieren y pisan lo que no quieren. En una sola noche, un hipopótamo puede echar a perder todos los sembrados y dejar sin pan a una familia.

Tutmosis abría mucho los ojos y las orejas. Estaba aprendiendo más cosas sobre su pueblo en aquellos días que en doce años encerrado en la Casa Jeneret.

–No lo sabía –dijo, admirado y preocupado a la vez.

Payis continuó:

–Los campesinos, de tanto en tanto, organizan cacerías de hipopótamos. Mi hermano me avisa y, siempre que me es posible, voy a ayudarlo.

La voz del guardia se volvió un poco melancólica:

–Me recuerda a mi juventud. –Y más alegre, añadió–: Ahora ya me acompaña mi hijo mayor.

Ani sonrió, orgulloso.

Víctor hacía un rato que movía la cabeza en señal de desaprobación. Sitah, al verle, le preguntó:

–¿Qué te pasa, amigo mío?

–Esto de los hipopótamos no lo veo nada claro. ¿Qué hay del respeto por la naturaleza? ¿Y del cuidado de las especies en extinción, eh? ¿En Egipto no pensáis en estas cosas o qué?

Todos se quedaron mirando a Víctor con curiosidad. Ani preguntó:

—¿Qué dice?

—¡Ah! Nada —se apresuró en afirmar Tutmosis—. Mi... amigo es un buen chico, pero está un poco... dejado de la mano de Amón-Ra.

Víctor iba a protestar, pero no tuvo ocasión porque Tutmosis ya llevaba otra vez la voz cantante:

—¿Y cómo se caza un hipopótamo?

—¡Menuda pregunta! —respondió Ani con actitud fachenda—. ¡Con arpones!

—¿¿¿Con arpones??? —preguntaron los tres niños a la vez, sin poder ocultar su sorpresa.

Bien entrado el mediodía, el carro se detuvo delante de una casa humilde, situada en un pueblecito cerca de las marismas del Delta. Una multitud de niños saltaban alrededor del carro y les daban la bienvenida a los recién llegados. El hermano de Payis salió a recibir a su familia, contento de volver a verlos.

Después de abrazarlos efusivamente, se fijó en los tres forasteros.

—Los he recogido en Saqqara —le contó Payis—. Parecían un poco perdidos, pero ahora están entusiasmados por participar en la caza de hipopótamos.

Los hombres y los niños del pueblo se movían de un lado a otro con una actividad frenética. Se preparaban para la gran cacería. El entusiasmo era contagioso y muy pronto pareció que los tres muchachos habían borrado de sus mentes Menfis, el barco, e incluso Ithu, de lo contentos y excitados que estaban.

Cuando llegó la hora, se dirigieron hacia la orilla del río. La mujer del hermano de Payis propuso a Sitah que se quedara en casa, con las otras chicas. Era evidente que las mujeres no participaban en aquella aventura. Pero ella no quiso de ninguna manera. Le horrorizaba alejarse de Tutmosis y de Víctor. Al fin y al cabo, en aquel momento, ellos eran todo su mundo.

Los niños del pueblo aprovecharon la ocasión para bromear:

–¡Hoy sí que trabajaremos! –dijo uno.

–Una chica delicada de ciudad quiere cazar un hipopótamo ella sola...

–Seguro que nunca ha visto uno de cerca...

–¡Cuando vea al primero se caerá de cabeza en el Nilo!

Los niños reían, haciendo el gallito, pero no podían apartar la mirada de los cabellos brillantes de Sitah, ni de sus misteriosos ojos tan negros. Ella caminaba en silencio. Víctor le dedicó una sonrisa de ánimo.

Entre bromas y risas llegaron a su destino. Por el camino vieron grupos de niños cazando patos. Víctor, mientras ahuyentaba los abundantes mosquitos que picaban sin piedad, pensó que de buen grado les hubiera cambiado el sitio a aquellos niños:

«Un pato es mucho más inofensivo que un hipopótamo, ¿no?», pensó mientras dudaba, porque en realidad no había visto nunca un pato egipcio de cerca.

Los hombres comenzaron a preparar los arpones. Eran una especie de lanzas afiladas con un gancho en un extremo y una cuerda en el otro. Subieron a los botes. Tutmosis subió al bote de Payis, y Sitah y Víctor fueron con Ani y su tío.

Pasó mucho rato. Una hora. O más. Cada vez que Víctor iba a abrir la boca para protestar por el calor o por los mosquitos, decenas de ojos se clavaban sobre él reclamando silencio.

De vez en cuando se oía el canto de algún ave acuática. Hasta que, sorprendentemente, todo el mundo se puso de pie encima de los botes. Se acercaba un hipopótamo, a pesar de que ni Tutmosis, ni Víctor, ni Sitah veían nada en absoluto.

El silencio se volvió tan grueso como la piel de aquel enorme animal que se acercaba a los botes y sacaba del agua tan solo las orejas, los ojos y la nariz.

Sitah, al distinguir el rastro que el gran hipopótamo dejaba sobre las aguas del Nilo a medida que se aproximaba, se estremeció y se agarró fuerte a Víctor. Él miró a ver a quién se podía agarrar. Pero no encontró a nadie. Estaba solo con su miedo y el de la chica. De hecho, Ani estaba a su lado y tenía pinta de ser bastante fuerte y valiente; pero no sabía qué pensaría el chico si se le enganchaba como una garrapata. Además, aún le quedaban unos gramos de orgullo. No muchos.

Ani, a su lado, respiraba silenciosamente, emocionado, con el arpón bien sujeto en la mano, esperando.

Uno de los cazadores levantó el arpón. Lo lanzó contra el animal, pero rebotó y solo consiguió enfurecerlo. Un rugido ensordecedor hizo levantar el vuelo de los pájaros. No se oyeron más que batidos de alas y gritos.

Entonces, una lluvia de arpones cayó sobre el animal. Uno pudo atravesar la piel del hipopótamo. Los hombres tensaron las cuerdas y empezaron a tirar con todas sus fuerzas, desde la orilla del río. Tiraron y tiraron con el gran riesgo de ser arrastrados por la furia del hipopótamo herido.

Víctor palideció. Sitah se tapó los ojos. La barca se tambaleó y estuvieron a punto de caerse al agua un par de veces. De repente, Víctor distinguió la coleta negra de Tutmosis entre los hombres y los jóvenes que estiraban de las cuerdas desde la orilla. La fuerza de la criatura era tan descomunal, que por un momento creyó que el río se tragaría para siempre a los cazadores con su víctima.

–¡Oh, que Isis le ayude! –exclamó Sitah, que estaba mirando hacia donde estaba Tutmosis con un ojo abierto y el otro cerrado.

–¡Está para que le encierren! –sentenció Víctor.

–No. ¡Es un faraón! –murmuró Sitah, sin poder ocultar un deje de profunda admiración.

Los bramidos del hipopótamo se fueron apagando. Poco a poco, las aguas cenagosas se tragaron aquella gran masa corpórea. La caza había acabado.

Tutmosis estaba estirado en la orilla del río. Todavía tenía la cuerda en las manos, que le sangraban, todo él estaba empapado en sudor. Pero su cara era la pura imagen de la felicidad.

Víctor y Sitah se acercaron a él. La chica sentía las alas de mil mariposas que le hacían cosquillas en el cuerpo. Su voz era de miel cuando dijo, todavía con los ojos asustados:

–¡Cómo me has hecho sufrir!

Y reprimió el abrazo que el corazón le exigía y la prudencia le impedía.

–Chico, por mucha sangre de faraón que te corra por las venas, ¡estás como una cabra!

Tutmosis se puso de pie. Había un brillo nuevo en sus ojos.

–¿Sabéis? Algún día seré el mejor cazador de todo Egipto. Las Dos Tierras sabrán que su faraón no tiene miedo a nada. ¡Cazaré... elefantes! Y los papiros recogerán mis hazañas.

La muchacha le miraba tan boquiabierta, que parecía que el alma se le hubiera quedado suspendida. Ella entera resplandecía bañada por los rayos ardientes del sol. Tutmosis anunció:

–¡Y me casaré contigo!

Tutmosis y Sitah se quedaron quietos, paralizados por sus sentimientos, con los ojos de uno clavados en los del otro. A Víctor se le escapó la risa.

En el pueblo se celebró una gran fiesta. No siempre la fuerza de los hombres se imponía sobre la de los animales. A veces, era imposible cazarlos y los hipopótamos seguían destruyendo campos y cultivos. En otras ocasiones había heridos. Incluso, muertos.

Pero aquel día estaban todos muy alegres. Los tres chicos participaban en la celebración. Tutmosis sentía la emoción de vivir como un muchacho normal, de bailar al son de la música de las flautas, al lado de Sitah, de reír...

Por primera vez en su vida se sentía libre de verdad. Y era totalmente feliz.

Menfis estaba lejos.

O quizá no tanto.

Un hombre se les acercó de improviso. Vestía un faldellín largo y se cubría con una especie de capa. Era alto y fuerte. Irrumpió en la fiesta como si viniera de otro mundo. Al verle, cierta inquietud tiñó de oscuro la alegría de Tutmosis. Si no hubiera sido el príncipe de Egipto, se hubiera sobresaltado ante aquella presencia. Como Víctor no era príncipe ni nada parecido, se permitió sobresaltarse y emitió una especie de alarido, como un gato al que hubieran chafado la cola.

El hombre se dirigió derecho hacia ellos. Les habló con una voz cavernosa, mientras escondía la mirada entre los pliegues de la capa.

–Me han dicho que os esperan en Menfis.

–¿Quién os lo ha dicho? –preguntó Tutmosis, desconfiado.

–¡Os esperan en Menfis! –gruñó aquel gigante como respuesta–. Yo os llevaré.

Tutmosis iba a abrir la boca, pero Sitah y Víctor se adelantaron:

–¡Ay, qué bien! ¿Os envía Ithu, el marinero? –dijo Sitah mientras aplaudía.

El hombre dibujó una mueca en su rostro, una especie de sonrisa llena de malos presagios que ni Víctor ni Sitah, contentos como estaban, supieron captar. La cara de Tutmosis, en cambio, no denotaba tanta alegría.

Víctor, que ya comenzaba a temer un nuevo despropósito de su amigo egipcio, le advirtió:

–Supongo que no se te ocurrirá otra gran idea de las tuyas, ¿no?

Tutmosis contestó que no con la cabeza y los tres siguieron al hombre hasta el carro que les señaló, después despedirse de Payis y de sus nuevos amigos con cierta tristeza.

Sitah le susurró a Víctor al oído, mientras señalaba al hombre:

–¿Has visto qué cicatriz tiene en la cara? Da miedo, ¿eh?

–Ahora solo faltaría que fuera un criminal.

–¡Qué va! Si viste como un noble. Estoy segura de que le ha enviado el mismo Hotepu en persona. Sí, Ithu le debe de haber avisado de nuestra desaparición y Hotepu nos ha enviado a este noble para que nos lleve a Menfis.

Víctor, con una risita de satisfacción dibujada en los labios, afirmó con la cabeza. Estaba tranquilo y confiado, como la chica. Ambos subieron al carro, riendo de pura felicidad.

Tutmosis subió detrás de ellos. Tenía los ojos más negros que nunca; eran como las aguas del Nilo en la noche más tenebrosa de todas.

El enemigo

El hombre les hizo subir a su carro. Era mucho más cómodo que el de Payis y además tiraban de él cuatro caballos.

Los chicos se acomodaron. El hombre de la cicatriz subió al pescante y azotó cruelmente a los caballos. El carro emprendió el camino a Menfis.

No había pasado mucho rato, cuando Tutmosis se dirigió a sus compañeros en voz baja:

—Solo los nobles y los soldados tienen caballos.

Sitah, que estaba de un buen humor inmejorable, respondió enseguida:

—Claro, ya se ve que es un hombre importante. Seguro que lo ha enviado Hotepu en persona.

La cara de Tutmosis se oscureció y bajó mucho la voz para decir:

—También puede que lo haya enviado Hapuseneb.

Sitah negó con la cabeza.

–Estoy segura de que no. Los dioses nos protegen. Recordad todo lo que nos ha pasado. Podríamos haber muerto y, en cambio, estamos aquí, camino de Menfis.

El príncipe se sumió en sus oscuros presentimientos. Aunque nunca lo admitiría delante de sus compañeros, ahora se arrepentía de haber sido tan imprudente, en contra de los consejos de Hotepu e Ithu. Sabía que muchas cosas dependían de él: el futuro de su país, la vida de su madre; su propia vida y la de sus compañeros, a los que había puesto en peligro caprichosamente.

Al final, exhausto, se durmió.

El viaje de vuelta a Menfis, con aquel carro tirado por caballos, fue mucho más rápido que el de ida. En parte, porque aquel hombre de mirada turbia no les consintió ni el más mínimo descanso. Tampoco les dio nada de comer. Solo bebieron un poco de agua en todo el viaje. Pero ninguno de los tres muchachos se atrevió a protestar.

La manera como el extraño les trataba, sin miramientos, cómo se mantenía encerrado en un hosco silencio, aún inquietó más a Tutmosis. Pero no serviría de nada contagiar sus dudas y sus sospechas a sus dos amigos, así que no lo hizo. Él era y sería el único responsable de lo que pudiera pasar. Se estremeció ante aquel pensamiento.

Cuando llegaron, sobre Menfis flotaban unas nubes oscuras en dirección al desierto. Tan oscuras como los pensamientos del príncipe.

El recorrido por la ciudad fue corto. El hombre detuvo el carro delante de un edificio y se lo entregó a unos criados que también se hicieron cargo de los caballos.

–¡Bajad! –gritó con voz agria.

Víctor y Sitah lo hicieron deprisa. Tenían ganas de estirar las piernas, de pisar el suelo. Pero Tutmosis se quedó en el carro.

–¡Eh, tú! ¿No has oído lo que he dicho? –volvió a mascullar el hombre.

Una llama de orgullo e indignación ardía dentro de Tutmosis. Pero se contuvo. La situación requería toda su prudencia y astucia.

–Nos tenéis que llevar al muelle –respondió Tutmosis, emperrado.

El hombre de la cicatriz soltó una risotada llena de burla y menosprecio que se apagó como una lámpara de aceite bajo una ráfaga de viento. Alzó más la voz para decir:

–¡Que bajes te digo! Antes de ir al muelle, tengo que hacer unos recados.

Sitah avanzó hacia el carro. Sabía que Tutmosis no permitiría que le trataran de aquella manera y también empezaba a tener miedo. Si aquel hombre era un enviado de Hotepu, ¿por qué le hablaba de aquella forma al príncipe? ¿Tal vez desconocía también su identidad?

La niña extendió un brazo y le ofreció la mano a Tutmosis. Cruzaron una mirada de complicidad y él bajó del carro.

El hombre comenzó a caminar, seguido de los tres chicos. Iba deprisa, conocedor de su destino, y los jóvenes tenían que correr detrás de él. Aunque la situación no favorecía la conversación, Víctor se pegó a Tutmosis para decirle al oído:

–¿Qué pasa? No las tienes todas contigo, ¿verdad?

–Tenemos que ser más listos que un cocodrilo. Si notamos cualquier movimiento extraño, tenemos que huir.

–¿Huir? ¿Cómo?

El hombre se dio la vuelta de repente:

–¡Silencio! Me molestan los mocosos que hacen ruido.

Siguieron caminando, casi corriendo, por las calles de Menfis. De repente Sitah, sudada y cansada, exclamó:

–Mirad, estamos en el barrio de los artesanos.

En efecto, estaban de nuevo en el barrio de los artesanos de Menfis. Víctor suspiró profundamente; a lo mejor habían exagerado demasiado con tanta desconfianza; a lo mejor sí que el hombre tenía que hacer recados.

«Aunque vaya malas pulgas que tiene este tío...», pensó.

Tutmosis continuaba caminando con los ojos bien abiertos. Había cogido a Sitah de la mano y no se apartaba de ella para nada. Víctor caminaba detrás de ellos, pisándoles los talones.

Entraron en uno de los talleres, donde trabajaban el barro. Lo atravesaron a pocos pasos del hombre. Víctor se lo comía todo con la vista; allí también había un horno, pero lo más curioso era que los trabajadores iban cubiertos de barro de arriba abajo. Se confundían con las piezas que hacían.

–¡Qué pasada! Parecen estatuas. Los podrían vender como «souvenir» de Menfis.

Nadie se rió de su chiste. Y es que los ánimos no estaban para bromas. Víctor se calló y abrió los ojos.

Pasaron a un patio interior donde se acumulaban decenas de piezas de barro. Víctor se quedó mirando tres ánforas enormes, altas y con la boca muy ancha. De nuevo, las ganas de hablar ganaron la partida a la prudencia:

–¡Ostras, qué grandes! ¡Hasta nosotros cabríamos dentro!

Se calló de golpe. El corazón le empezó a tamborilear deprisa, por un mal presentimiento. Miró a sus dos compañeros. Tutmosis hizo el ademán de echar a correr, sin soltar a Sitah. Víctor no tuvo tiempo de reaccionar. Delante de él, el hombre de la cicatriz los amenazaba con una espada:

–¡Me habéis dado más trabajo del que suponía, niños de las narices! Pero nadie buscará el cadáver del príncipe de Egipto dentro de una ánfora llena de vino camino a Biblos.

Una carcajada terrorífica los dejó clavados al suelo, como si les hubieran salido raíces. Ahora sí, aquello era el final. Habían jugado demasiado con la suerte. Y la suerte se había acabado cansando de aquel juego.

Una voz, que les era familiar, sonó en el umbral del patio.

–¿El gran soldado Inebu, el héroe de tantas batallas, se rebaja a convertirse en un asesino de niños?

Era la voz de Ithu. La esperanza volvió a los corazones de los niños que le miraban como si fuera un enviado de los dioses. Y a lo mejor lo era.

Ithu avanzó hacia Inebu, con la espada en la mano. A tan solo tres pasos de él, el silbido mortífero de una flecha rompió el aire. En el muro del terrado había hombres armados, fieles a Inebu. La flecha se dirigía veloz al corazón del príncipe.

La mirada de Ithu resplandeció. No era la mirada de un viejo y bondadoso marinero; volvía a ser la del guerrero endurecido en mil batallas que había sido hace mucho tiempo. Cogió a Tutmosis bruscamente por el brazo y lo colocó detrás de él para interponerse entre el príncipe de Egipto y la muerte.

La flecha le atravesó el corazón. El viejo marinero cayó, arrastrando consigo a Tutmosis, a quien todavía tenía bien agarrado.

En aquel momento, un sonido de hombres y de armas llenó el patio. Víctor le dio la mano a Sitah y ambos corrieron a esconderse dentro del taller, donde los pobres trabajadores también buscaban refugio donde podían.

Durante unos minutos, que parecieron siglos, la historia escribió una página decisiva en aquel pequeño taller de alfareros. Los soldados de la guardia del faraón combatieron cuerpo a cuerpo con Inebu y sus secuaces.

Finalmente se hizo un extraño silencio. Quizá era el silencio frío de la muerte que rondaba por el patio y se llevaba las almas de los hombres caídos en aquella lucha cruenta.

Al cabo de un rato prudencial, Víctor y Sitah salieron otra vez al patio, seguidos de algunos artesanos que todavía temblaban de miedo. El paisaje era escalofriante. Una gran cantidad de hombres muertos cubría el suelo de aquel extraño campo de batalla. Inebu era uno de ellos.

Buscaron con la mirada desesperadamente el cuerpo de Tutmosis, temiendo que no hubiera sobrevivido a aquella carnicería.

Víctor y Sitah tenían los ojos empapados de lágrimas, cuando, de entre el silencio devastador de la muerte, surgió una especie de lloriqueo. Era Tutmosis que, protegido por el cuerpo de su salvador, como si fuera un escudo humano, había sobrevivido a la alevosía de Inebu. Gracias a Ithu, y quizá también a algún dios bondadoso, el joven príncipe no había resultado herido.

En aquel momento, una voz resonó entre el silencio y los sobresaltó. Todo el mundo clavó la vista en el hombre vestido con la riqueza de los nobles que acababa de entrar en el patio. Era Hotepu. Le seguía un numeroso séquito.

–Alzaos, señor. Es ley de vida que los valientes caigan defendiendo a su rey. Ithu se merece honor y alabanzas. Y el faraón de Egipto no puede llorar.

Tutmosis apartó un poco el cadáver del viejo Ithu para poderse levantar y clavó los ojos en aquel cuerpo sin vida con una tristeza que rompía el corazón. Comprendió que el *ba* del viejo y fiel marinero ya había abandonado su cuerpo mortal. Le cerró los ojos repletos de sabiduría que ya no tenían que ver nada más.

Avanzó con pasos vacilantes e inseguros. Tenía un aspecto deplorable. Iba sucio de pies a cabeza, tenía las manos llenas de cortes y de sangre seca. El taparrabos ya no era blanco, sino de todos los colores de sus aventuras. Se limpió con la mano las lágrimas y los mocos que le llenaban la cara. Se quedó de pie, mirando a Hotepu, desorientado. De repente, el noble médico se tiró al suelo, mientras exclamaba:

–¡¡¡Vida, Salud y Fuerza para Tutmosis III, el faraón de Egipto!!!

Tutmosis estaba aún demasiado conmocionado por todo lo que había vivido en tan poco tiempo. Sin entender nada, miró al médico, un hombre poderoso, estirado a sus pies. Poco a poco, todos los presentes se fueron arrodillando delante de él. Todos menos Víctor, que contemplaba a Tutmosis tan sorprendido como el mismo Tutmosis. Sitah le estiró del brazo y le hizo arrodillarse.

–¡No se puede mirar al faraón a los ojos!

El Libro de los Muertos

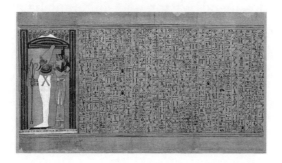

Lo peor ya había pasado. Y había acabado bastante bien. Gracias a Hotepu se habían enterado de que las maniobras de Hapuseneb para quitar de en medio a Tutmosis habían llegado a oídos del visir Ineni, que también tenía buenos espías (estaba claro que allí, en Egipto, la profesión de espía estaba muy solicitada). Para evitar un gran escándalo, después del intento de asesinato del príncipe, y aunque ella no había participado directamente en la conjura, la reina Hatshepsut estuvo de acuerdo en actuar como regente durante la minoría de edad de Tutmosis III; pero él llevaría la corona de las Dos Tierras.

De nuevo, la perla de Egipto se escurría entre los dedos de Hatshepsut.

Sí, por lo visto todo había acabado bien, aunque la alegría de ver a Tutmosis convertido en faraón de Egipto se enturbiaba por la pena de la desaparición del fiel Ithu.

Sin duda, el viejo soldado y marinero era una de aquellas personas que dejan una marca imborrable en el alma de los que le habían conocido. Ninguno de ellos lo olvidaría nunca.

Durante el viaje de vuelta a Tebas (que esta vez fue mucho más cómodo), Hotepu les contó a los niños muchas cosas de aquel hombre que para él era mucho más que un simple amigo. Mientras escuchaban las palabras del médico, los tres muchachos no podían dejar de pensar que los restos de Ithu viajaban con ellos, en el mismo barco y esperaban su oportunidad de llegar a la morada de los dioses en cuanto fueran debidamente enterradas en Tebas.

–Hace muchos años, cuando este pelo que ahora veis blanqueado aún era bien negro –Hotepu no pudo evitar sonreír con un poco de amargura–, yo solo era un chico de familia humilde que se había puesto al servicio del ejército del faraón para huir de la miseria y del hambre.

Tutmosis frunció el entrecejo. ¡Estaba aprendiendo tantas cosas! «Sin duda, pensó, tendré que velar por que en mi bello país nadie pase hambre».

Hotepu seguía hablando:

–Ithu era un oficial al servicio del faraón. Un soldado que había pisado muchos campos de batalla y que todo el mundo respetaba.

Hizo una pausa que le entristeció el rostro. Los recuerdos estaban demasiado clavados en el corazón.

–Hubo una dura batalla. Murieron muchos hombres.

Las caras de los chicos se oscurecieron. Todavía no habían podido olvidar las imágenes de los cuerpos sanguinolentos estirados en el suelo de aquel pequeño patio de los alfareros; ni el olor agrio de la muerte. Tutmosis respiró hondo. Tenía que ser fuerte. A él aún le quedaban muchas batallas que vivir.

–A mí me hirieron, pero no fue nada importante. En cambio, el cuerpo de Ithu yacía ensangrentado y moribundo en medio del campo de batalla. Al principio le di por muerto, pero algo, una fuerza misteriosa, tal vez la misma fuerza de la vida, hizo que me acercara. ¡Ithu todavía respiraba!

Sitah tenía los ojos llenos de lágrimas. Víctor casi se había olvidado de respirar.

–Le curé como pude y esperé a que lo atendiera un médico del ejército. Aquello le salvó la vida y él no lo olvidó nunca.

Hizo otra pausa. ¡Cuánto dolor ocultaba en el corazón aquel hombre alto y fuerte!

–Desde entonces me cuidó como a un hijo. Le hablé de mi vocación, de cómo anhelaba conocer los secretos de la medicina, y también le dije que donde yo había nacido nadie podía llegar tan alto; que por eso me ganaba la vida como soldado. Agradecido, Ithu vendió todo lo que poseía para hacer realidad mi sueño. Solo le quedó lo necesario para comprarse una vieja barca para poder comerciar por el Nilo.

Tutmosis estaba impresionado. A pesar de que intentaba disimular sus emociones, un leve temblor en la barbilla le delató cuando afirmó:

–Pero tú, Hotepu, le devolviste el favor. Te convertiste en un gran médico. En un médico del faraón.

Hotepu no escuchaba. Solo recordaba:

–Siempre me dijo que me debía la vida. Pero yo le debo todo lo que soy. Era como un padre y se ha ido para siempre.

La historia de Ithu caló muy fuerte en los corazones aún tiernos de los tres niños. Pasaron mucho rato en silencio, cada uno pensando en el amigo perdido, en aquel que había dado siempre todo lo que tenía, incluso la vida.

Fue Víctor, parlanchín como de costumbre, el que rompió el silencio:

−¿Y ahora lo enterrarán en Tebas?

Tutmosis afirmó con la cabeza y añadió:

−Pero antes nos tenemos que preocupar de conservar su cuerpo para que pueda revivir en el más allá. Aunque su ba es inmortal, necesita el cuerpo para disfrutar de su otra vida.

Víctor puso cara de interrogante. Sitah se lo explicó con la dulzura que ella ponía en todas las cosas:

−Nos tenemos que asegurar de que pueda seguir su vida después de la muerte de su cuerpo. Por eso tenemos que llevar a cabo todos los rituales.

Entonces Víctor empezó a ponerse de un color verde oliva, de las que son amargas:

−¿Rituales? −preguntó con un hilillo de voz.

Tutmosis empezó a explicarle lo que para él era tan o más natural que la vida misma:

−Primero se saca el cerebro con un gancho de hierro que se coloca en las fosas nasales y se estira. Después se hacen cortes en el cuerpo y se extraen los órganos...

−¡Tutmosis, Tutmosis...! −gritó Sitah y se agachó sobre el cuerpo de Víctor que yacía en el suelo, blanco como una momia.

La chica le abanicó con las manos, mientras Tutmosis, recto y orgulloso, le miraba con cierto menosprecio:

−¡¡¡Dan ganas de tirarlo a los cocodrilos!!!

En cuanto llegaron a Tebas, la prioridad de Tutmosis fue enterrar el cuerpo de Ithu con todos los honores. Ya habría tiempo para prepararse para la ceremonia de su coronación. Si una cosa había aprendido el príncipe durante aquellos días tan importantes de su vida era que la fidelidad es un regalo de los dioses.

Momificaron el cuerpo del que había sido un gran soldado. Por deseo expreso de Tutmosis, que pagó todos los gastos, se construyó una tumba subterránea lo bastante grande para guardar el ataúd y todos los objetos que Ithu necesitara en su otra vida. Encima de la tumba, se alzó una capilla donde sus amigos podían ir a honrarlo siempre que lo desearan. Tutmosis se juró a sí mismo que no olvidaría nunca al viejo soldado.

La despedida fue muy triste. El sacerdote repetía las palabras de *El Libro de los Muertos* para que los dioses acogieran el *ba* de Ithu. Las palabras resonaban de una forma lúgubre por las paredes rocosas de la tumba. Sitah derramó tantas lágrimas, que sus ojos se convirtieron en dos oscuros lagos. Víctor temblaba de emoción. Tutmosis, sin perder la postura propia de un rey, le dijo adiós a su salvador desde lo más profundo de su alma.

¡Queda en paz, oh, Anubis!
Todo va bien con el hijo de Ra
y con mi ojo sagrado. Glorifica
mi alma y mi sombra...

Te ruego que me dejes partir
y que mis pies vuelvan a ser fuertes
de modo que pueda verte
allá donde te encuentres...

Cuando después de la ceremonia volvieron a salir al exterior, el ojo de Ra ya se había encendido en el cielo.

La vida continuaba.

Heka

Habían pasado unos dos meses desde el retorno a Tebas. A medida que pasaban los días, el ritmo de las preparaciones de la ceremonia de coronación de Tutmosis III se hacía más y más frenético.

Alojaron a Víctor en una lujosa estancia de palacio. Le parecía que estaba pasando unas vacaciones pagadas en un hotel de cinco estrellas. Tutmosis III había ordenado que le trataran con todos los honores. Dormía en una habitación impresionante. Le bañaban, le perfumaban y le vestían con ropa mucho más bonita que aquel taparrabos ridículo. También le habían dado unas sandalias de cuero blanco con las que podía caminar cómodamente.

«¡La verdad –pensó– es que no hay nada como tener un buen enchufe faraónico!»

Sin embargo, algo enturbiaba un poco aquellos días de espera. Y es que Víctor casi no podía ver a sus amigos, que ahora estaban demasiado ocupados con los asuntos de la corte. Y aunque un montón de criados se esforzaba en servirlo y darle todo lo que pudiera desear antes incluso de que abriera la boca para pedirlo, él añoraba los días pasados, llenos de aventuras en Menfis; el carácter alocado de «Tut» y, ¿por qué no reconocerlo? Los ojos negros y maravillosos de Sitah.

Pasaba mucho rato apoyado en la barandilla de su gran terraza. Veía cómo los jardineros sacaban agua de los pozos y la transportaban a peso en una especie de cántaros colgados de un palo de madera. Unos regaban las flores que crecían por todos lados, perfumando el aire. Otros se dedicaban a arreglar los setos o limpiaban las hojas esparcidas por el viento que alfombraban los caminos. También había hombres que trabajaban en los huertos. ¡Cómo le hubiera gustado en aquel instante tener a mano la flamante cámara digital que le habían regalado en su último y duodécimo cumpleaños!

«¡Menuda pasada sería volver a casa con un reportaje de esta aventura!», pensó sin evitar una sonrisa un poco triste.

Y es que aquel pensamiento le había provocado un vacío en el estómago: ¿Iba a volver a casa? Acarició el escarabajo que llevaba colgado del cuello. Víctor se preguntaba si su destino había quedado unido para siempre al de Tutmosis por culpa de aquel escarabajo sagrado.

¿Podría, algún día, volver a su mundo? ¿Cuál era ahora su mundo?

Cuando no le veía nadie, Víctor se ponía las gafas estropeadas y contemplaba las riquezas que le rodeaban, leía papiros y se impregnaba de una cultura que era rica y espléndida.

Pero el tiempo pasa deprisa en todos sitios, tanto en el antiguo Egipto como en el barrio de Gracia, y el gran día de la coronación de Tutmosis III llegó por fin.

La primera parte de la ceremonia fue completamente privada y tuvo lugar en el templo. Ni Sitah, ni Víctor, ni el mismo Hotepu, tuvieron acceso.

El sacerdote de la Puerta del Templo apareció y se detuvo delante de Tutmosis y Hatshepsut, la regente. Después de golpear el suelo con su bastón, los condujo al interior.

Los asistentes a la ceremonia esperaban impacientes en el patio del templo. Por las calles de Tebas reinaba un ambiente de fiesta y griterío; aquel día no se trabajaba y además el nuevo faraón había abierto los graneros reales. Miles de palomas blancas volaban hacia el cielo. La gente bailaba, comía y bebía en honor a Tutmosis III.

Mientras dentro del templo ungían el cuerpo del joven Tutmosis para darle la fuerza y el poder que tanto le haría falta, Víctor esperaba en el patio mezclado entre la nobleza tebana. Estaba un poco asustado, como fuera de lugar. Hasta que una mano cálida le acarició la suya, que temblaba nerviosa. ¡Era Sitah!

¡Estaba tan guapa! Llevaba una túnica de lino blanco muy elegante, ajustada a su cuerpo delgado. Era tan ligera que parecía como si fuera vestida de viento. Sus cabellos negros y brillantes estaban cubiertos de flores. Tenía un olor muy agradable.

El chico se puso a buscar las gafas que había escondido debajo de la túnica. Quería ver a Sitah con toda claridad.

Quería grabar en su memoria cada rasgo de su bonita y dulce cara; la blancura de su piel, el increíble color negro de su pelo. Si hubiera podido, le hubiera gustado coger su olor y llevárselo consigo para siempre. Entonces, ella dijo:

–¿Sabes que tienes unos ojos muy bonitos, Naram? Son como las aguas del Nilo cuando empieza a oscurecer. Eres muy guapo.

Víctor dejó caer las gafas al suelo y las chafó con el pie. De hecho, veía bastante bien, ¡y lo que veía era fantástico!

El sonido de las arpas y las flautas interrumpió aquellos dulces momentos. Todos se arrodillaron y bajaron la cabeza. Todos menos Víctor, que no se quería perder ningún detalle de lo que estaba pasando delante de él. Sitah le dio un codazo.

El gran sacerdote guió la menuda figura de Tutmosis III hasta la gran sala de las columnas. Era como un impresionante bosque de piedra. Tutmosis, aunque brillaba como un dios, se sintió pequeño en aquel espacio inmenso. Un gran sacerdote le condujo hacia el trono.

Y Tutmosis III fue coronado. Primero le pusieron la Doble Corona, el símbolo del reino unificado. Después le dieron los dos cetros; uno era como un látigo, el nejej, y el otro, el heqat, tenía forma de cayado.

Tutmosis III cruzó los brazos encima del pecho investido de todos los honores de su realeza. A su derecha, una mujer menuda, ornada con toda clase de joyas y que llevaba colocada la corona Shuty de las reinas en la cabeza, se mantenía inmóvil al lado del joven faraón. Su rostro dejaba ver la nobleza de sus orígenes. Pero no expresaba ninguna emoción.

Víctor se preguntó si Hatshepsut se conformaría con su papel de regente durante mucho tiempo, mientras lamentaba no saber más sobre la historia de Egipto. Le hubiera gustado saber cómo acababa aquella historia apasionante.

El nuevo faraón agasajó a los grandes sacerdotes y a los nobles que se arrodillaron ante su sagrada magnificencia. Unas voces femeninas, de una pureza cristalina, entonaron cánticos.

Un rato más tarde, señaló con el heqat hacia Sitah y Víctor.

Tras un gesto de uno de los sacerdotes, ellos avanzaron sin levantar la cabeza. Los latidos del corazón de la chica se oían a kilómetros de distancia. Víctor estaba muy emocionado, aunque le molestaba mucho tener que caminar sin mirar hacia delante y encima ya no podía contar con las gafas. Lo que más miedo le daba en aquel momento era quedar tendido ante el faraón como un felpudo de aquellos que dicen «Bienvenido a casa».

Tutmosis III bajó los escalones del trono y se quedó mirando a Sitah fijamente. Con un gesto autoritario y los ojos llenos de miel, le indicó que subiera con él hacia el sitial del trono y la colocó a su izquierda.

Un murmullo de sorpresa se extendió por el Alto y Bajo Egipto. Aquello era una declaración. ¡Tutmosis III acababa de escoger a Sitah como primera esposa!

Aún con la cabeza gacha, Víctor sonrió, lleno de satisfacción. Por supuesto creía que los novios eran un poco jóvenes, pero había que tener en cuenta que allí, en el Antiguo Egipto, cosas más raras se habían visto y soportado.

Estaba tan abstraído en sus pensamientos, que no se había dado cuenta de que ahora el faraón le llamaba a él. Uno de los sacerdotes le cogió del brazo y le llevó ante Tutmosis III.

Víctor temblaba impresionado y no se atrevía a levantar la cabeza.

–Puedes mirarme a los ojos, amigo mío, enviado de los dioses. Tengo algo para ti.

Tutmosis le dio los cetros a un sacerdote. Otro se acercó con una pequeña urna ricamente decorada. El faraón la abrió. En el interior guardaba su escarabajo sagrado.

Víctor reconoció aquel pequeño cofre y, evidentemente, su contenido.

«¡Por Osiris! El escarabajo verde de Tut», pensó.

¿Pero qué significaba aquello? ¿Por qué le enseñaba Tutmosis el escarabajo? ¿Quería que los unieran otra vez? Y si lo hacían, ¿qué pasaría?

Demasiadas preguntas y demasiado complicadas para un chico de doce años perdido en el Antiguo Egipto. Pero un hombre sabio puede responder a cualquier pregunta. Hotepu se acercó a Víctor:

–No tengas miedo, pequeño viajero. Si llegaste hasta aquí es porque tu alma buscaba respuestas. Quizá la sabiduría. Si quieres volver a casa, yo te haré volver. Pero si quieres seguir tu viaje, entonces, ya sabes lo que tienes que hacer.

Tutmosis le sonreía y le acercó el escarabajo. De sus labios surgió solo una palabra:

–*Heka.*

Nunca, en este mundo o en cualquier otro, un muchacho de doce años había tomado una decisión tan importante en tan poco tiempo.

Víctor se quitó su escarabajo del cuello, mientras volvía a sonreír a su amigo, el faraón.

–Magia –pronunció con voz temblorosa y emocionada.

Hotepu agachó la cabeza delante de Víctor, en señal de respeto.

–¡Yo te saludo! Eres un elegido. Un viajero en el tiempo. Estás impregnado de *heka*.

Víctor meditó las palabras de Hotepu. ¿Era él un viajero en el tiempo? ¿Era él un elegido?

¿¿¿Y por qué no???

Tutmosis y Víctor encararon el anverso de sus escarabajos. Como la primera vez, aquel día de su llegada a Egipto que parecía ya tan lejano, una fuerza sobrenatural los acercó. Antes de que se unieran del todo, Víctor miró los rostros risueños de Tutmosis y Sitah. Tenía miedo, no podía ocultarlo. Pero volvía a sentir en su interior aquellas preguntas, aquellas inquietudes que le habían llevado a emprender el viaje más extraño de su vida.

Cerró con fuerza los ojos y cogió una bocanada de aire. Después los escarabajos se unieron del todo. Sintió el empujón de una corriente vertiginosa. Las caras se borraban. Los colores se fundieron en negro.

Cerró los ojos. ¿Dónde los volvería a abrir?

«*Heka*», pensó.

Después, el mundo entero desapareció.

Índice

Núria Pradas Andreu

Aunque estudié Filología Catalana, y me gustó mucho hacerlo, con el paso de los años he sentido una especie de curiosidad, de gusto por la Historia.

Soy de esas personas que se lo pasan bien «con las piedras». Me gusta perderme en los museos y siento escalofríos al pensar que el suelo que piso, lo pisaron también antes hombres y mujeres.

Visito asiduamente el Museo Egipcio de Barcelona. Y cuando me enteré que, entre los muchos e interesantes cursos que el museo ofrece todos los años, había uno dedicado a la magia en el antiguo Egipto, no dudé en matricularme.

«De ahí puede salir una novela», me dije, oyendo a la profesora.

Y así nació Víctor y su periplo por el tiempo. De este curso y del propósito, no sé si conseguido, pero muy querido, de acercar otras culturas de la antigüedad a los jóvenes de hoy. Y hacerlo de una manera divertida, pero rigurosa, que lo uno no está reñido con lo otro.

La alegría más grande ha sido que el Museo Egipcio se prestara a implicarse en el proyecto, revisándolo y aclarándome todas mis dudas.

El ciclo, pues, se cierra allí donde nació.